U0165646

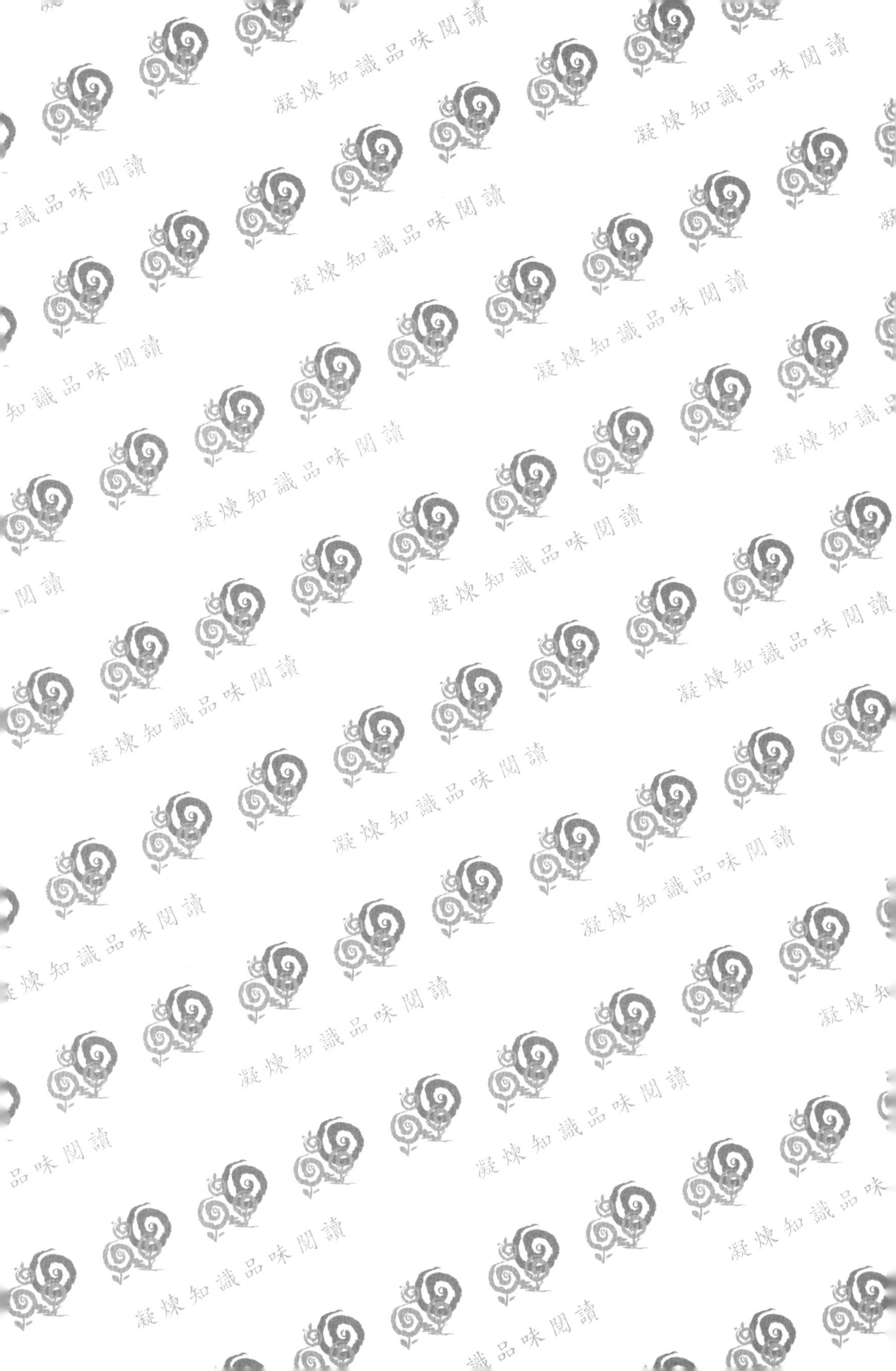
凝煉知識品味閱讀

凝煉知識品味閱讀

楊琇惠◎著

# 華語聽力測驗

## 初級

五南圖書出版公司 印行

# 序言

您好！感謝您選擇這本華語聽力教材。在您打開書前，想跟您聊聊這本書的緣起。

不管您是哪一國人，相信您在學習語言時，一定都是先學「聽」和「說」，而其中「聽」又比「說」還要先學。因為聽力不佳，不但沒辦法正確重複目標語的語音，更沒辦法說出適切的回應，因此「聽得懂」，可以說是達到有效溝通的基礎。然而市面上專門為聽力設計的教材卻相對比較少，念此，我決定編寫這套教材，希望能夠提供大家在學習華語時，能有個實用的聽力訓練，好幫助您克服學習上的困難。

這套華語聽力教材分為初級、中級和高級等三個級別，以滿足不同階段的學習者需求。每本書都包含豐富多樣的練習，模擬真實生活情境、幫助學習者逐步提升聽力理解能力，並增強在日常交流中的自信心。

本書為初級聽力測驗，在內文中，涵蓋了許多實用的生活場景，例如旅館客房服務、菜市場殺價、餐廳點餐、醫院看診、問路、學校上課等實際生活中會遇到的情境。期望您通過聆聽我們專業的音檔，能熟悉並掌握各種情境中所會聽到的對話。

這本書雖然是掛我的名字，但在編輯的過程中，遠在巴拉圭的吳琇靈和顧啓玉兩人幫我甚多，她們不論是在資料搜集或內容的發想，都多有協助。若沒有她們兩位，這本書可能無法如此順利地完成，因此特地對她們致上謝意。

此外，我還想慎重地感謝歐喜強老師和黃琡華老師，很榮幸能邀請到兩位老師來為本書錄音。還記得我初次聽錄音檔時，真的是感動連連！兩位老師不但口齒清晰、音色優美，而且聲調語氣得宜，就連情緒也會隨著情境有所調整，實在是超級專業。謝謝兩位老師的加持，為這本初級聽力測驗加分、再加分。

希望這本教材能成為您學習華語的好助伴，願您在聽力和口語上有所進步，並從中找到樂趣和成就感。

祝您學習愉快！

楊琇惠

於歡喜書房 2024/8/28

CONTENTS

# 目錄

# 目錄 CONTENTS

# 目錄

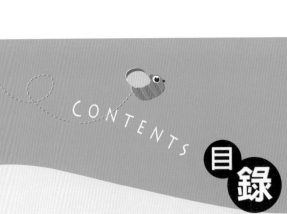

# 目錄

# 目錄

# 目錄 CONTENTS

# ❶ 旅館 客房 服務
lǚguǎn kèfáng fúwù

一、以下會 有一段 對話，請大家 專心聽，
yǐ xià huì yǒu yí duàn duì huà, qǐng dà gū zhuān xīn tīng,
聽完 後 請回答 下面的 問題。
tīng wán hòu qǐng huí dá xià miàn de wèn tí.

## 二、請回答以下問題
Qǐng huídá yǐxià wèntí

______ 1. 請問　這段　對話　可能　會 在 哪裡 聽到？
Qǐngwèn zhèduàn duìhuà kěnéng huì zài nǎlǐ tīngdào?

A. 旅館
B. 學校
C. 診所
D. 公司

______ 2. 客人　房間　裡　什麼　東西　沒了？
Kèrén fángjiān lǐ shénme dōngxi méile?

A. 咖啡
B. 衛生紙
C. 茶包
D. 牙膏

______ 3. 客人 住 幾 號　房？
Kèrén zhù jǐ hào fáng?

A. 1111
B. 3516
C. 3554
D. 1516

______ 4. 客人　想　請 客服部 送　什麼？
Kèrén xiǎng qǐng kèfúbù sòng shénme?

A. 水
B. 衛生紙
C. 冰塊
D. 以上皆是

______ 5. 客人 想 要幾瓶 水？
Kèrén xiǎng yào jǐ píng shuǐ?

A. 一瓶

B. 兩瓶

C. 三瓶

D. 四瓶

# ② 菜市場 殺價
cài shì chǎng shā jià

一、以下會有一段對話，請大家專心聽，
yǐ xià huì yǒu yí duàn duì huà, qǐng dà gū zhuān xīn tīng,
聽完後請回答下面的問題。
tīng wán hòu qǐng huí dá xià miàn de wèn tí.

## 二、請回答以下問題
Qǐng huídá yǐxià wèntí

______ 1. 這 段 對話 會 出現在 什麼 店？
Zhè duàn duìhuà huì chūxiànzài shénme diàn?

A. 服飾店
B. 水果店
C. 咖啡店
D. 飲料店

______ 2. 蘋果 怎麼 賣？
Píngguǒ zěnme mài?

A. 五顆一百元
B. 一顆一百元
C. 七顆一百元
D. 三顆一百元

______ 3. 草莓 怎麼 賣？
Cǎoméi zěnme mài?

A. 一盒五十元
B. 兩盒一百元
C. 一盒七十元
D. 一盒八十元

______ 4. 客人 買了 幾盒 草莓？
Kèrén mǎile jǐhé cǎoméi?

A. 一盒
B. 兩盒
C. 三盒
D. 四盒

_______ 5. 水果　一共　多少　錢？
Shuǐguǒ yígòng duōshǎo qián?

A. 150

B. 200

C. 300

D. 100

# 3 餐廳 點餐
cāntīng diǎncān

一、以下會有一段 對話，請大家 專心聽，
yǐ xià huì yǒu yí duàn duì huà,　qǐng dà gū zhuān xīn tīng,
聽完 後 請回答 下面的 問題。
tīng wán hòu qǐng huí dá xià miàn de wèn tí.

## 二、請回答以下問題
Qǐng huídá yǐxià wèntí

________ 1. 這段 對話 出現在 哪裡？
Zhèduàn duìhuà chūxiànzài nǎlǐ?

A. 便利商店
B. 牙醫診所
C. 餐廳
D. 菜市場

________ 2. 請問 一共 有 幾 個 人 用餐？
Qǐngwèn yígòng yǒu jǐ ge rén yòngcān?

A. 三個大人，兩個小孩
B. 五個大人
C. 四個大人，一個小孩
D. 五個小孩

________ 3. 客人 沒有 點 以下 哪 一個 餐點？
Kèrén méiyǒu diǎn yǐxià nǎ yíge cāndiǎn?

A. 海鮮義大利麵
B. 瑪格麗特披薩
C. 培根義大利麵
D. 奶油白醬燉飯

________ 4. 店裡 有 什麼 飲料？
Diànlǐ yǒu shénme yǐnliào?

A. 奶茶
B. 可樂
C. 咖啡
D. 以上都有

__________ 5. 客人 沒有 點 哪 一種 飲料？
Kèrén méiyǒu diǎn nǎ yìzhǒng yǐnliào?

A. 奶茶

B. 可樂

C. 咖啡

D. 紅茶

#  醫院 看診

yīyuàn kànzhěn

一、以下會 有一段 對話，請大家 專心聽，
yǐ xià huì yǒu yí duàn duì huà, qǐng dà gū zhuān xīn tīng,
聽完 後 請回答 下面的 問題。
tīng wán hòu qǐng huí dá xià miàn de wèn tí.

## 二、請回答以下問題
Qǐng huídá yǐxià wèntí



______ 1. 請問　病人　怎麼了？
Qǐngwèn bìngrén zěnmele?

A. 頭痛
B. 肚子痛
C. 牙痛
D. 腳痛

______ 2. 請問　病人　從　星期 幾 開始 不舒服？
Qǐngwèn bìngrén cóng xīngqí jǐ kāishǐ bùshūfú?

A. 星期一
B. 星期二
C. 星期三
D. 星期四

______ 3. 請問　病人　不舒服 幾天了？
Qǐngwèn bìngrén bùshūfú jǐtiānle?

A. 一天
B. 兩天
C. 三天
D. 四天

______ 4. 請問　病人　沒有　什麼　症狀？
Qǐngwèn bìngrén méiyǒu shénme zhèngzhuàng?

A. 睡不著
B. 吃不下
C. 肚子痛
D. 拉肚子

______ 5. 請問　醫生　說　病人　怎麼了？

Qǐngwèn yīshēng shuō bìngrén zěnmele?

A. 感冒

B. 懷孕

C. 腸胃炎

D. 骨折

# 5 問路
wèn lù

一、以下會有一段對話，請大家專心聽，
yǐ xià huì yǒu yí duàn duì huà, qǐng dà gū zhuān xīn tīng,
聽完後請回答下面的問題。
tīng wán hòu qǐng huí dá xià miàn de wèn tí.

## 二、請回答以下問題
Qǐng huídá yǐxià wèntí

______ 1. 陳 先生 想要 去哪裡？
Chén xiānsheng xiǎngyào qù nǎlǐ?

A. 郵局
B. 銀行
C. 車站
D. 便利商店

______ 2. 走 到 那裡大約 要 多久？
Zǒu dào nàlǐ dàyuē yào duōjiǔ?

A. 十分鐘
B. 十五分鐘
C. 五分鐘
D. 三分鐘

______ 3. 哪裡 要 右 轉？
Nǎlǐ yào yòu zhuǎn?

A. 第一個路口
B. 第二個路口
C. 第三個路口
D. 第四個路口

______ 4. 請問 陳 先生 要 轉 幾次彎，怎麼 轉 呢？
Qǐngwèn Chén xiānsheng yào zhuǎn jǐ cì wān, zěnme zhuǎn ne?

A. 一次，右轉。
B. 一次，左轉。
C. 兩次，先右轉，再左轉。
D. 兩次，先左轉，再右轉。

________ 5. 路人 說 的 地方 是？
Lùrén shuō de dìfāng shì?

A. 麥當勞

B. 7-11

C. 全家

D. 銀行

# 6 學校 上課
xuéxiào shàngkè

一、以下會有一段對話，請大家專心聽，
yǐ xià huì yǒu yí duàn duì huà, qǐng dà gū zhuān xīn tīng,
聽完後請回答下面的問題。
tīng wán hòu qǐng huí dá xià miàn de wèn tí.

## 二、請回答以下問題
Qǐng huídá yǐxià wèntí

______ 1. 這 是 誰 和 誰 的 對話？
Zhè shì shéi hàn shéi de duìhuà?

A. 老師和學生
B. 醫生和病人
C. 老師和校長
D. 學生和家長

______ 2. 這 堂 課 是 什麼 課？
Zhè táng kè shì shénme kè?

A. 中文課
B. 數學課
C. 英文課
D. 歷史課

______ 3. 老師 要 學生 做 什麼？
Lǎoshī yào xuéshēng zuò shénme?

A. 回座位
B. 唸課文
C. 打開課本
D. 以上皆是

______ 4. 這 是 第幾節 課？
Zhè shì dì jǐ jié kè?

A. 第一節
B. 第二節
C. 第三節
D. 第四節

______ 5. 學生　為什麼　要　出去？
Xuéshēng wèishénme yào chūqù?

A. 肚子痛
B. 走錯教室
C. 想上廁所
D. 肚子餓

# 筷子 怎麼 用？
kuàizi zěnme yòng?

一、以下會 有一段 對話，請大家 專心聽，
yǐ xià huì yǒu yí duàn duì huà, qǐng dà gū zhuān xīn tīng,
聽完 後 請回答 下面的 問題。
tīng wán hòu qǐng huí dá xià miàn de wèn tí.

## 二、請回答以下問題
Qǐng huídá yǐxià wèntí

________ 1. 筷子 一共 是 幾枝呢？
Kuàizi yígòng shì jǐzhī ne?

A. 一枝
B. 兩枝
C. 三枝
D. 四枝

________ 2. 筷子 不可以 用 來 吃 什麼？
Kuàizi bù kěyǐ yòng lái chī shénme?

A. 麵
B. 菜
C. 飯
D. 可樂

________ 3. 小雅 說 遇到 圓形 的 食物，可以 怎麼 用 筷子？
Xiǎoyǎ shuō yùdào yuánxíng de shíwù, kěyǐ zěnme yòng kuàizi?

A. 用兩枝筷子來夾
B. 用一枝筷子來玩
C. 用一枝筷子來刺
D. 用兩枝筷子來刺

________ 4. Mary是 第幾次 使用 筷子？
Mary shì dì jǐ cì shǐyòng kuàizi?

A. 第一次
B. 第二次
C. 第三次
D. 第四次

_______ 5. 下面　哪一個 國家　不用　筷子？
Xiàmiàn nǎ　yí ge guójiā búyòng kuàizi?

A. 臺灣

B. 日本

C. 菲律賓

D. 韓國

# 8 喜歡 的 顏色
xǐhuān de yánsè

一、以下會 有一 段 對話，請大家 專心聽，
yǐ xià huì yǒu yí duàn duì huà, qǐng dà gū zhuān xīn tīng,
聽完 後 請回答 下面的 問題。
tīng wán hòu qǐng huí dá xià miàn de wèn tí.

## 二、請回答以下問題
Qǐng huídá yǐxià wèntí



______ 1. 小 美 喜歡 什麼 顏色？
Xiǎo Měi xǐhuān shénme yánsè?

A. 綠色
B. 黑色
C. 白色
D. 粉紅色

______ 2. 現代人 的 衣服 大多 是 什麼 顏色？
Xiàndàirén de yīfu dàduō shì shénme yánsè?

A. 藍色和白色
B. 黑色和綠色
C. 紅色和白色
D. 黑色和白色

______ 3. 小 明 覺得 整個 城市 都 是 什麼 顏色？
Xiǎo Míng juéde zhěngge chéngshì dōu shì shénme yánsè?

A. 白色
B. 黑色
C. 黃色
D. 灰色

______ 4. 小 明 喜歡 什麼 顏色？
Xiǎo Míng xǐhuān shénme yánsè?

A. 綠色和白色
B. 黃色和綠色
C. 黃色和橘色
D. 橘色和黑色

______ 5. 小　美　以後　想　 怎麼　做？
Xiǎo Měi yǐhòu xiǎng zěnme zuò?

A. 多穿不同顏色的衣服

B. 多穿白色的衣服

C. 多穿黑色的衣服

D. 多穿黑白色的衣服

# 9 生日
shēngrì

一、以下會 有一段 對話，請大家 專心聽，
yǐ xià huì yǒu yí duàn duì huà, qǐng dà gū zhuān xīn tīng,
聽完 後 請回答 下面的 問題。
tīng wán hòu qǐng huí dá xià miàn de wèn tí.

## 二、請回答以下問題
Qǐng huídá yǐxià wèntí

_____ 1. 請問 今天 星期 幾？
Qǐngwèn jīntiān xīngqí jǐ?

A. 星期一
B. 星期二
C. 星期三
D. 星期四

_____ 2. 媽媽 生日 是幾 月 幾 號？
Māma shēngrì shì jǐ yuè jǐ hào?

A. 十月十日
B. 十月十五日
C. 十月十六日
D. 十月十七日

_____ 3. 弟弟 要 送 媽媽 什麼？
Dìdi yào sòng māma shénme?

A. 紅包
B. 手機
C. 手機殼
D. 手錶

_____ 4. 哥哥 要 送 媽媽 什麼？
Gēge yào sòng māma shénme?

A. 手機
B. 紅包
C. 口紅
D. 包包

________ 5. 誰 不 喜歡 化妝？
Shéi bù xǐhuān huàzhuāng?

A. 哥哥的女朋友

B. 媽媽

C. 弟弟的女朋友

D. 奶奶

# 10 運動
yùndòng

一、以下會有一段對話，請大家專心聽，
yī xià huì yǒu yí duàn duì huà, qǐng dà gū zhuān xīn tīng,
聽完後請回答下面的問題。
tīng wán hòu qǐng huí dá xià miàn de wèn tí.

## 二、請回答以下問題
Qǐng huídá yǐxià wèntí



_____ 1. 誰 不 喜歡 運動？
Shéi bù xǐhuān yùndòng?

A. 老公
B. 老婆
C. 女兒
D. 奶奶

_____ 2. 老婆 平常 沒 做 什麼 家事？
Lǎopó píngcháng méi zuò shénme jiāshì?

A. 掃地
B. 買菜
C. 洗車
D. 煮飯

_____ 3. 老公 都 做 什麼 運動？
Lǎogōng dōu zuò shénme yùndòng?

A. 踢足球
B. 打棒球
C. 打籃球
D. 游泳

_____ 4. 老公 想 帶老婆 做 什麼 運動？
Lǎogōng xiǎng dài lǎopó zuò shénme yùndòng?

A. 跑步
B. 快走
C. 游泳
D. 打籃球

_______ 5. 他們　什麼　時候 開始　運動？
Tāmen shénme shíhòu kāishǐ yùndòng?

A. 下星期

B. 明天

C. 今天

D. 後天

# ⑪ 幾點 吃飯？
jǐdiǎn chīfàn?

一、以下會 有一段 對話，請大家 專心聽，
yǐ xià huì yǒu yí duàn duì huà, qǐng dà gū zhuān xīn tīng,
聽完 後 請回答 下面的 問題。
tīng wán hòu qǐng huí dá xià miàn de wèn tí.

## 二、請回答以下問題
Qǐng huídá yǐxià wèntí

________ 1. 請問 對話 是 發生 在 幾點？
Qǐngwèn duìhuà shì fāshēng zài jǐdiǎn?

A. 下午五點
B. 晚上六點
C. 晚上七點
D. 晚上八點

________ 2. 阿惠 想 找 Mariana 去 做 什麼？
Ā Huì xiǎng zhǎo Mariana qù zuò shénme?

A. 吃晚飯
B. 買菜
C. 吃午飯
D. 煮飯

________ 3. Mariana 是 哪 一國人？
Mariana shì nǎ yìguórén?

A. 美國
B. 義大利
C. 英國
D. 西班牙

________ 4. Mariana 習慣 幾點 吃 晚飯？
Mariana xíguàn jǐdiǎn chī wǎnfàn?

A. 晚上七點
B. 晚上八點之後
C. 晚上八點之前
D. 晚上六點

_________ 5. Mariana 和 家人 朋友 吃 晚飯 大約 吃 多久？
Mariana hàn jiārén péngyǒu chī wǎnfàn dàyuē chī duōjiǔ?

A. 半個小時

B. 一個小時

C. 一個半小時

D. 兩、三個小時

# ⑫ 女朋友 
nǚ péngyǒu

一、以下會有一段對話，請大家專心聽，
yǐ xià huì yǒu yí duàn duì huà, qǐng dà gū zhuān xīn tīng,
聽完後請回答下面的問題。
tīng wán hòu qǐng huí dá xià miàn de wèn tí.

## 二、請回答以下問題
Qǐng huídá yǐxià wèntí

______ 1. 請問 爸爸幾歲 的時候 交 第一個 女 朋友？
Qǐngwèn bàba jǐsuì deshíhòu jiāo dì-yīge nǚ péngyǒu?

A. 十五歲

B. 十六歲

C. 二十歲

D. 十八歲

______ 2. 請問 兒子 幾歲 的時候 交 第一個 女 朋友？
Qǐngwèn érzi jǐ suì deshíhòu jiāo dì-yīge nǚ péngyǒu?

A. 十五歲

B. 十六歲

C. 二十歲

D. 十八歲

______ 3. 請問 爸爸 幾歲 結婚？
Qǐngwèn bàba jǐsuì jiéhūn?

A. 二十五歲

B. 二十四歲

C. 二十六歲

D. 二十七歲

______ 4. 請問 媽媽 幾歲 結婚？
Qǐngwèn māma jǐsuì jiéhūn?

A. 二十三歲

B. 二十四歲

C. 二十六歲

D. 二十七歲

_______ 5. 請問 兒子幾歲 想 結婚？
Qǐngwèn érzi jǐsuì xiǎng jiéhūn?

A. 二十歲

B. 二十二歲

C. 二十三歲

D. 二十四歲

# ⓭ 在 幾樓？
zài jǐlóu?

一、以下會 有一 段 對話，請大家 專心聽，
yǐ xià huì yǒu yí duàn duì huà, qǐng dà gū zhuān xīn tīng,
聽完 後 請回答 下面的 問題。
tīng wán hòu qǐng huí dá xià miàn de wèn tí.

## 二、請回答以下問題
Qǐng huídá yǐxià wèntí

_______ 1. 請問 嬰兒用品 店 在幾樓？
Qǐngwèn yīngéryòngpǐn diàn zài jǐlóu?

A. 一樓
B. 三樓
C. 五樓
D. 六樓

_______ 2. 請問 孕婦裝 在幾樓？
Qǐngwèn yùnfùzhuāng zài jǐlóu?

A. 二樓
B. 三樓
C. 四樓
D. 五樓

_______ 3. 請問 玩具店 在幾樓？
Qǐngwèn wánjùdiàn zài jǐlóu?

A. 二樓
B. 三樓
C. 四樓
D. 五樓

_______ 4. 請問 客人 逛完後 想 帶太太去吃 什麼？
Qǐngwèn kèrén guàngwánhòu xiǎng dài tàitai qù chī shénme?

A. 魯肉飯
B. 火鍋
C. 烤肉
D. 麻油雞

_______ 5. 請問　客人　想　帶太太 吃的 美食　在 幾樓？
Qǐngwèn kèrén xiǎng dài tàitai chīde měishí zài jǐlóu?

A. 地下一樓

B. 三樓

C. 地下二樓

D. 五樓

# 14 學日文 

xué Rìwén

一、以下會 有一段 對話，請大家 專心聽，
yǐ xià huì yǒu yí duàn duì huà, qǐng dà gū zhuān xīn tīng,
聽完 後 請回答 下面的 問題。
tīng wán hòu qǐng huí dá xià miàn de wèn tí.

## 二、請回答以下問題
Qǐng huídá yǐxià wèntí



______ 1. 請問　日文　檢定考　分幾級？
Qǐngwèn Rìwén jiǎndìngkǎo fēn jǐjí?

A. 一級
B. 三級
C. 四級
D. 五級

______ 2. 請問　日文　檢定考　最強　的是 哪一級？
Qǐngwèn Rìwén jiǎndìngkǎo zuìqiáng de shì nǎyìjí?

A. 二級
B. 三級
C. 五級
D. 一級

______ 3. 請問　小　英　日文　檢定考　考過了 哪一級？
Qǐngwèn Xiǎo Yīng Rìwén jiǎndìngkǎo kǎoguòle nǎyìjí?

A. 二級
B. 四級
C. 五級
D. 一級

______ 4. 請問　小　英 建議 小 美　怎麼　學 日文？
Qǐngwèn Xiǎo Yīng jiànyì Xiǎo Měi zěnme xué Rìwén?

A. 多看多說
B. 多讀多寫
C. 多聽多說
D. 多說多寫

______ 5. 自己一個人 要 怎麼 練 口說？
Zìjǐ yí ge rén yào zěnme liàn kǒushuō?

A. 打電話給朋友

B. 不要練習

C. 自己說給自己聽

D. 找路人練習

# ⑮ 逛 超市
guàng chāoshì

5.00
× 30

一、以下會 有一段 對話，請大家 專心聽，
yǐ xià huì yǒu yí duàn duì huà,　qǐng dà gū zhuān xīn tīng,
聽完 後 請回答 下面的 問題。
tīng wán hòu qǐng huí dá xià miàn de wèn tí.

## 二、請回答以下問題
Qǐng huídá yǐxià wèntí

________ 1. 請問　小男孩　爲什麼　想　買 巧克力？
Qǐngwèn xiǎonánhái wèishénme xiǎng mǎi qiǎokèlì?

A. 因爲他想吃
B. 因爲他想請老師和同學
C. 因爲他想送給妹妹
D. 因爲他想拿去學校賣

________ 2. 請問　爲什麼　媽媽 建議 不要 買 大片 的 巧克力？
Qǐngwèn wèishénme māma jiànyì búyào mǎi dàpiàn de qiǎokèlì?

A. 因爲太貴了
B. 因爲太重了
C. 因爲還要分成小塊的巧克力，有點麻煩
D. 因爲數量不夠

________ 3. 請問　小男孩　班上　有 幾個人？
Qǐngwèn xiǎonánhái bānshàng yǒu jǐgerén?

A. 二十五個
B. 二十六個
C. 二十七個
D. 二十八個

________ 4. 請問　小男孩　一共　要 買　多少　條 巧克力？
Qǐngwèn xiǎonánhái yígòng yào mǎi duōshǎo tiáo qiǎokèlì?

A. 二十七條
B. 二十八條
C. 二十九條
D. 三十條

________ 5. 請問　小男孩　要 買 哪 幾種　口味 的 巧克力？
Qǐngwèn xiǎonánhái yào mǎi nǎ jǐzhǒng kǒuwèi de qiǎokèlì?

A. 草莓、花生、原味

B. 草莓、葡萄、牛奶

C. 草莓、花生、牛奶

D. 原味、花生、牛奶

# 16 手機
shǒujī

一、以下會有一段對話，請大家專心聽，
yǐ xià huì yǒu yí duàn duì huà, qǐng dà gū zhuān xīn tīng,
聽完後請回答下面的問題。
tīng wán hòu qǐng huí dá xià miàn de wèn tí.

## 二、請回答以下問題
Qǐng huídá yǐxià wèntí

______ 1. 請問 女兒 現在 的手機 買 多久了？
Qǐngwèn nǚér xiànzài de shǒujī mǎi duōjiǔle?

A. 一年
B. 兩年半
C. 三年半
D. 一年半

______ 2. 請問 女兒的 生日 是 什麼 時候？
Qǐngwèn nǚér de shēngrì shì shénme shíhòu?

A. 十月一日
B. 十月二十五日
C. 十一月五日
D. 十一月二十五日

______ 3. 請問 爸爸 願意 出 多少 錢 給女兒買 手機？
Qǐngwèn bàba yuànyì chū duōshǎo qián gěi nǚér mǎi shǒujī?

A. 一萬元
B. 兩萬元
C. 三萬元
D. 兩萬五千元

______ 4. 請問 女兒 現在 幾年級？
Qǐngwèn nǚér xiànzài jǐniánjí?

A. 大學一年級
B. 大學二年級
C. 大學三年級
D. 大學四年級

______ 5. 請問 女兒 想 什麼 時候 去 看 新 手機？
Qǐngwèn nǚér xiǎng shénme shíhòu qù kàn xīn shǒujī?

A. 今天

B. 明天

C. 下星期

D. 下個月

# 17 上班 遲到

shàngbān chídào

**一、以下會 有一段 對話，請大家 專心聽，**
yǐ xià huì yǒu yí duàn duì huà, qǐng dà gū zhuān xīn tīng,
**聽完 後 請回答 下面的 問題。**
tīng wán hòu qǐng huí dá xià miàn de wèn tí.

## 二、請回答以下問題
Qǐng huídá yǐxià wèntí

______ 1. 請問　志　明　怎麼 去　上班？
Qǐngwèn Zhì míng zěnme qù shàngbān?

A. 坐公車
B. 坐捷運
C. 自己開車
D. 騎腳踏車

______ 2. 請問　坐　公車　有　什麼　缺點？
Qǐngwèn zuò gōngchē yǒu shénme quēdiǎn?

A. 太貴
B. 繞來繞去，很花時間
C. 不好停車
D. 車子太少

______ 3. 請問　搭 捷運　有　什麼　缺點？
Qǐngwèn dā jiéyùn yǒu shénme quēdiǎn?

A. 太貴
B. 繞來繞去，很花時間
C. 不好停車
D. 太慢

______ 4. 請問 自己開車　有　什麼　缺點？
Qǐngwèn zìjǐ kāichē yǒu shénme quēdiǎn?

A. 太貴
B. 繞來繞去，很花時間
C. 不好停車
D. 太慢

________ 5. 請問　志　明　一個月的 薪水　多少　錢？

Qǐngwèn Zhì míng yígeyuè de xīnshuǐ duōshǎo qián?

A. 五千元

B. 兩萬元

C. 三萬元

D. 四萬元

# ⑱ 看 牙醫
kàn yáyī

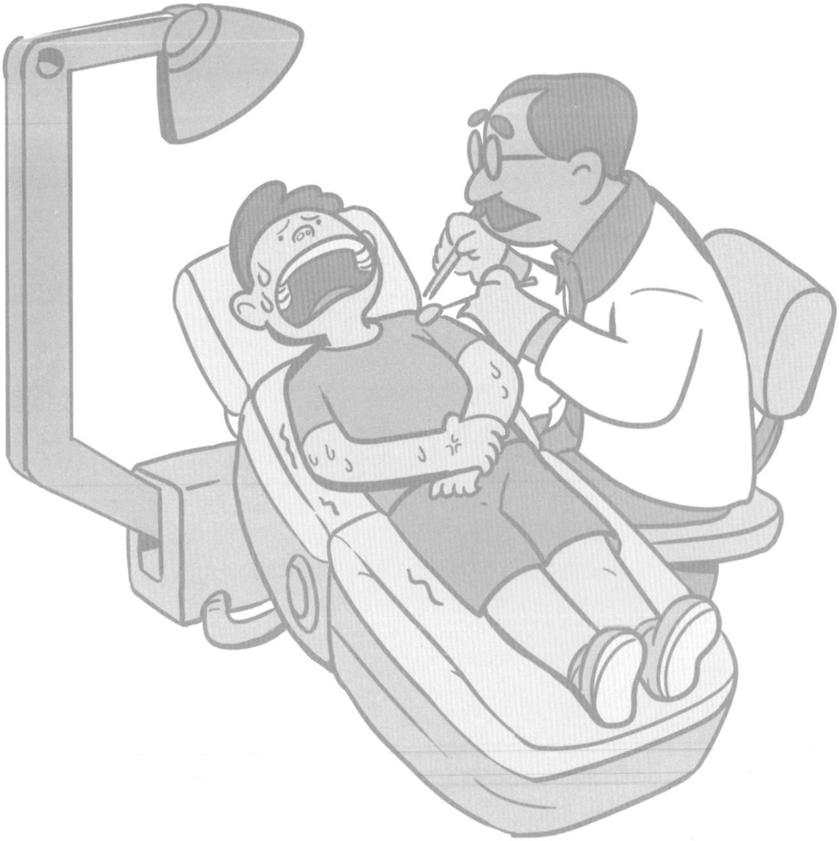

一、以下會有一段對話，請大家專心聽，
yǐ xià huì yǒu yí duàn duì huà, qǐng dà gū zhuān xīn tīng,
聽完後請回答下面的問題。
tīng wán hòu qǐng huí dá xià miàn de wèn tí.

## 二、請回答以下問題
Qǐng huídá yǐxià wèntí



________ 1. 請問 這 段 對話 可能 會 出現 在哪裡？
Qǐngwèn zhè duàn duìhuà kěnéng huì chūxiàn zài nǎlǐ?

A. 旅館
B. 學校
C. 牙醫診所
D. 公司

________ 2. 這個 人 的 牙齒 爲什麼 會 痛？
Zhège rén de yáchǐ wèishénme huì tòng?

A. 蛀牙
B. 斷了
C. 掉了
D. 不整齊

________ 3. 這個 人 的 牙齒 痛了 多久了？
Zhège rén de yáchǐ tòngle duōjiǔle?

A. 一個星期
B. 兩個星期
C. 一個月
D. 兩個月

________ 4. 這個 人 牙齒 痛， 爲什麼 不立刻去 看 醫生？
Zhège rén yáchǐ tòng, wèishénme bú lìkè qù kàn yīshēng?

A. 因爲怕花錢
B. 因爲附近沒有牙醫
C. 因爲害怕看牙醫
D. 因爲牙齒不會很痛

_______ 5. 醫生 建議 病人 多久 後 才 能 吃 東西？
Yīshēng jiànyì bìngrén duōjiǔ hòu cái néng chī dōngxi?

A. 半個小時
B. 四十分鐘
C. 一個小時
D. 兩個小時

# ⑲ 搭Uber
dā Uber

一、以下會 有一段 對話，請大家 專心聽，
yǐ xià huì yǒu yí duàn duì huà, qǐng dà gū zhuān xīn tīng,
聽完 後 請回答 下面的 問題。
tīng wán hòu qǐng huí dá xià miàn de wèn tí.

## 二、請回答以下問題
Qǐng huídá yǐxià wèntí

______ 1. 請問 小 芬 和 小 美 要 去哪裡？
Qǐngwèn Xiǎo Fēn hàn Xiǎo Měi yào qù nǎlǐ?

A. 火車站
B. 超市
C. 學校
D. 101大樓

______ 2. 請問 她們 爲什麼 不 坐 公車 呢？
Qǐngwèn tāmen wèishénme bú zuò gōngchē ne?

A. 因爲公車站太遠了
B. 因爲101附近沒有公車站
C. 因爲下雨了，坐公車太麻煩了
D. 因爲她們想自己開車去

______ 3. 請問 她們 最後 決定 怎麼 去？
Qǐngwèn tāmen zuìhòu juédìng zěnme qù?

A. 搭火車
B. 搭計程車
C. 搭Uber
D. 搭捷運

______ 4. 請問 從 她們 家 去 101 要 多少 錢？
Qǐngwèn cóng tāmen jiā qù 101 yào duōshǎo qián?

A. 100元
B. 110元
C. 120元
D. 130元

________ 5. 請問　她們 叫 的 車子 什麼　時候 會 到？
Qǐngwèn tāmen jiào de chēzi shénme shíhòu huì dào?

A. 十分鐘後

B. 一小時後

C. 三分鐘後

D. 五分鐘後

# 20 開會（幾點 開始？） 

kāihuì ( jǐ diǎn kāishǐ? )

一、以下會 有一 段 對話，請大家 專心聽，
yǐ xià huì yǒu yí duàn duì huà, qǐng dà gū zhuān xīn tīng,
聽完 後 請回答 下面的 問題。
tīng wán hòu qǐng huí dá xià miàn de wèn tí.

## 二、請回答以下問題
Qǐng huídá yǐxià wèntí

______ 1. 請問 原本 會議 是 幾點 開始？
Qǐngwèn yuánběn huìyì shì jǐdiǎn kāishǐ?

A. 八點半

B. 九點

C. 九點半

D. 十點

______ 2. 請問 昨天 對方 打電話 來 說 希望 會議 改到 幾
Qǐngwèn zuótiān duìfāng dǎdiànhuà lái shuō xīwàng huìyì gǎidào jǐ

點？
diǎn?

A. 八點半

B. 九點

C. 九點半

D. 十點

______ 3. 請問 今天 早上 對方 打電話 來 說 希望 會議
Qǐngwèn jīntiān zǎoshàng duìfāng dǎdiànhuà lái shuō xīwàng huìyì

改 到 幾點？
gǎi dào jǐdiǎn?

A. 八點半

B. 九點

C. 九點半

D. 十點

______ 4. 請問　老闆 要 請　對方 吃 什麼？
Qǐngwèn lǎobǎn yào qǐng duìfāng chī shénme?

A. 義大利餐
B. 法國餐
C. 泰國餐
D. 鐵板燒餐廳

______ 5. 請問　一共 有 幾個 人 要 去 吃飯？
Qǐngwèn yígòng yǒu jǐ ge rén yào qù chīfàn?

A. 兩個人
B. 三個人
C. 四個人
D. 五個人

# 21 認識 新 朋友

rènshi xīn péngyǒu

一、以下會有一段對話，請大家專心聽，
yǐ xià huì yǒu yí duàn duì huà, qǐng dà gū zhuān xīn tīng,
聽完後請回答下面的問題。
tīng wán hòu qǐng huí dá xià miàn de wèn tí.

## 二、請回答以下問題
Qǐng huídá yǐxià wèntí

________ 1. 已經 來 臺灣 半年 的 同學，再過 多久 就要 回國 了?
Yǐjīng lái Táiwān bànnián de tóngxué, zàiguò duōjiǔ jiùyào huíguó le?

A. 一個月
B. 兩個月
C. 三個月
D. 四個月

________ 2. 已經 來 臺灣 一 年 的 同學 爲什麼 要 學 中文？
Yǐjīng lái Táiwān yì nián de tóngxué wèishénme yào xué Zhōngwén?

A. 想在臺灣工作
B. 對中國文化有興趣
C. 以後想教中文
D. 想在臺灣讀書

________ 3. 下課 後 他們 約 去哪裡喝 下午 茶？
Xiàkè hòu tāmen yuē qù nǎlǐ hē xiàwǔ chá?

A. 咖啡廳
B. 餐廳
C. 大學
D. 室友家

________ 4. 下課 後 有幾個 人 要 一起去 喝 下午 茶？
Xiàkè hòu yǒu jǐ ge rén yào yìqǐ qù hē xiàwǔ chá?

A. 一個人
B. 兩個人
C. 三個人
D. 四個人

_______ 5. 他們 到 現在 都 在 臺灣 做 什麼？
Tāmen dào xiànzài dōu zài Táiwān zuò shénme?

A. 讀大學

B. 學中文

C. 旅遊

D. 看家人

# 22 數學 考試

shùxué kǎoshì

一、以下會 有一 段 對話，請大家 專心聽，

yǐ xià huì yǒu yí duàn duì huà, qǐng dà gū zhuān xīn tīng,

聽完 後 請回答 下面的 問題。

tīng wán hòu qǐng huí dá xià miàn de wèn tí.

## 二、請回答以下問題
Qǐng huídá yǐxià wèntí

_______ 1. 請問 兒子這次 數學 考試 考了幾分？
Qǐngwèn érzi zhècì shùxué kǎoshì kǎole jǐ fēn?

A. 5分
B. 48分
C. 55分
D. 60分

_______ 2. 請問 數學 考試 幾 分 才 算 及格呢？
Qǐngwèn shùxué kǎoshì jǐ fēn cái suàn jígé ne?

A. 55分
B. 60分
C. 65分
D. 70分

_______ 3. 請問 兒子 上次 數學 考試 考了幾分？
Qǐngwèn érzi shàngcì shùxué kǎoshì kǎole jǐ fēn?

A. 5分
B. 48分
C. 55分
D. 60分

_______ 4. 兒子這次 考試 有 進步 嗎？
Érzi zhècì kǎoshì yǒu jìnbù ma?

A. 沒有進步
B. 跟上次一樣
C. 進步了一點
D. 進步很多

______ 5. 爲什麼 後來 答案 寫 錯了呢？
Wèishénme hòulái dáàn xiě cuòle ne?

A. 因爲沒看好題目

B. 因爲不認眞

C. 因爲重算，結果算錯了

D. 因爲看了同學的答案

# 23 晚餐

wǎncān

一、以下會有一段對話，請大家專心聽，
yǐ xià huì yǒu yí duàn duì huà, qǐng dà gū zhuān xīn tīng,
聽完後請回答下面的問題。
tīng wán hòu qǐng huí dá xià miàn de wèn tí.

## 二、請回答以下問題
Qǐng huídá yǐxià wèntí

_______ 1. 李　先生　今天 幾 點 下班？
Lǐ xiānsheng jīntiān jǐ diǎn xiàbān?

A. 現在就要下班了
B. 晚上八點左右
C. 晚上六點左右
D. 下午五點

_______ 2. 李太太 要　先生　去哪裡？
Lǐ tàitai yào xiānsheng qù nǎlǐ?

A. 超級市場
B. 夜市
C. 餐廳
D. 公司

_______ 3. 李太太家裡需要　什麼　呢？
Lǐ tàitai jiālǐ xūyào shénme ne?

A. 雞蛋、洋蔥
B. 草莓、蘋果
C. 牛奶、麵包
D. 麵條、香蕉

_______ 4. 他們 今天 在哪裡 吃 晚餐？
Tāmen jīntiān zài nǎlǐ chī wǎncān?

A. 在超市
B. 在家
C. 在公司
D. 在餐廳

_________ 5. 他們 今天 晚餐 吃 什麼？
Tāmen jīntiān wǎncān chī shénme?

A. 義大利麵

B. 咖哩飯

C. 義大利麵和咖哩飯

D. 咖哩麵

# 24 去 百貨 公司
qù bǎihuò gōngsī

一、以下會 有一 段 對話，請大家 專心聽，
yǐ xià huì yǒu yí duàn duì huà, qǐng dà gū zhuān xīn tīng,
聽完 後 請回答 下面的 問題。
tīng wán hòu qǐng huí dá xià miàn de wèn tí.

## 二、請回答以下問題
Qǐng huídá yǐxià wèntí

_____ 1. 星期六 誰 有 上 鋼琴 課？
Xīngqíliù shéi yǒu shàng gāngqín kè?

A. 小凱
B. 小華
C. 小凱和小華
D. 小芳

_____ 2. 小 華 的 鋼琴 課 上到 幾點？
Xiǎo Huá de gāngqín kè shàngdào jǐ diǎn?

A. 三點半
B. 四點半
C. 五點半
D. 六點

_____ 3. 小 華 和 小 凱 星期六 約 在 哪裡 見面？
Xiǎo Huá hàn Xiǎo Kǎi xīngqíliù yuē zài nǎlǐ jiànmiàn?

A. 音樂廳
B. 美食街
C. 電影院
D. 鋼琴教室

_____ 4. 他們 約 幾 點 見？
Tāmen yuē jǐ diǎn jiàn?

A. 六點
B. 鋼琴課下課後
C. 九點
D. 吃飽飯後

_____ 5. 他們 要 看 哪一部 電影？
Tāmen yào kàn nǎ yí bù diànyǐng?

A. 快樂學生

B. 超級醫生

C. 快樂農夫

D. 超級警察

# 25 機場

jīchǎng

一、以下會 有一段 對話，請大家 專心聽，

yǐ xià huì yǒu yí duàn duì huà, qǐng dà gū zhuān xīn tīng,

聽完 後 請回答 下面的 問題。

tīng wán hòu qǐng huí dá xià miàn de wèn tí.

## 二、請回答以下問題
Qǐng huídá yǐxià wèntí

_______ 1. 佳佳 為什麼 在 機場？
Jiājiā wèishénme zài jīchǎng?

A. 和阿傑碰面
B. 去接機
C. 去英國遊學
D. 去旅遊

_______ 2. 佳佳 的 表姐 從 哪裡 回來？
Jiājiā de biǎojiě cóng nǎlǐ huílái?

A. 巴拿馬
B. 巴西
C. 巴拉圭
D. 巴黎

_______ 3. 阿傑 為什麼 在 機場？
Ā Jié wèishénme zài jīchǎng?

A. 到機場接機
B. 要出國旅遊
C. 要出國遊學
D. 要去和朋友吃飯

_______ 4. 阿傑 要 去 英國 做 什麼？
Ā Jié yào qù Yīngguó zuò shénme?

A. 遊學
B. 工作
C. 移民
D. 看家人

________ 5. 阿傑 要 去 英國 多久？
Ā Jié yào qù Yīngguó duōjiǔ?

A. 三十天

B. 三個星期

C. 三個月

D. 三年

# 26 學 游泳
xué yóuyǒng

一、以下會 有一 段 對話，請大家 專心聽，
yī xià huì yǒu yí duàn duì huà, qǐng dà gū zhuān xīn tīng,
聽完 後 請回答 下面的 問題。
tīng wán hòu qǐng huí dá xià miàn de wèn tí.

## 二、請回答以下問題
Qǐng huídá yǐxià wèntí

______ 1. 小 莉 爲什麼 胖了？
Xiǎo Lì wèishénme pàngle?

A. 跑步
B. 吃太多
C. 游泳
D. 不運動

______ 2. 小 莉 胖了幾 公斤？
Xiǎo Lì pàngle jǐ gōngjīn?

A. 1公斤
B. 2公斤
C. 3公斤
D. 4公斤

______ 3. 小 莉 和 小 華 打算 做 什麼？
Xiǎo Lì hàn Xiǎo Huá dǎsuàn zuò shénme?

A. 游泳
B. 跑步
C. 打籃球
D. 踢足球

______ 4. 小 莉 什麼 時候 去 問 開放 時間 和 費用？
Xiǎo Lì shénme shíhòu qù wèn kāifàng shíjiān hàn fèiyòng?

A. 今天
B. 明天
C. 後天
D. 下星期

_______ 5. 想 減肥 得 怎麼 做？
Xiǎng jiǎnféi děi zěnme zuò?

A. 少吃少動

B. 多吃少動

C. 多吃多動

D. 少吃多動

# 27 暑假
shǔjià

一、以下會有一段對話，請大家專心聽，
yǐ xià huì yǒu yí duàn duì huà, qǐng dà gū zhuān xīn tīng,
聽完後請回答下面的問題。
tīng wán hòu qǐng huí dá xià miàn de wèn tí.

## 二、請回答以下問題
Qǐng huídá yǐxià wèntí

________ 1. 女 同學 暑假 打算 做 什麼？
Nǚ tóngxué shǔjià dǎsuàn zuò shénme?

A. 去美國打工

B. 學潛水

C. 學跳舞

D. 當美人魚

________ 2. 女 同學 打算 去 美國 多久？
Nǚ tóngxué dǎsuàn qù Měiguó duōjiǔ?

A. 兩個月

B. 三個月

C. 四個月

D. 五個月

________ 3. 男 同學 暑假 打算 做 什麼？
Nán tóngxué shǔjià dǎsuàn zuò shénme?

A. 去美國打工

B. 學潛水

C. 學跳舞

D. 當美人魚

________ 4. 男 同學 覺得 會 潛水 的人 像 什麼？
Nán tóngxué juéde huì qiánshuǐ de rén xiàng shénme?

A. 鯨魚

B. 海豚

C. 美人魚

D. 烏龜

_________ 5. 男 同學 聽 說女 同學 有 什麼 強項？
Nán tóngxué tīng shuō nǚ tóngxué yǒu shénme qiángxiàng?

A. 唱歌

B. 畫畫

C. 打籃球

D. 跳舞

# 28 換 工作
huàn gōngzuò

一、以下會 有一段 對話，請大家 專心聽，
yǐ xià huì yǒu yí duàn duì huà, qǐng dà gū zhuān xīn tīng,
聽完 後 請回答 下面的 問題。
tīng wán hòu qǐng huí dá xià miàn de wèn tí.

## 二、請回答以下問題
Qǐng huídá yǐxià wèntí

________ 1. 小李在做什麼？
Xiǎo Lǐ zài zuò shénme?

A. 玩遊戲
B. 看電影
C. 寫報告
D. 找工作

________ 2. 小李爲什麼要換工作？
Xiǎo Lǐ wèishénme yào huàn gōngzuò?

A. 不喜歡現在的工作
B. 現在的工作時間太長
C. 同事對他不好
D. 公司離他家太遠

________ 3. 小李幾點就要到公司？
Xiǎo Lǐ jǐ diǎn jiù yào dào gōngsī?

A. 早上七點
B. 早上七點半
C. 早上八點
D. 早上八點半

________ 4. 小張覺得現在的工作怎麼樣？
Xiǎo Zhāng juéde xiànzài de gōngzuò zěnmeyàng?

A. 同事不好
B. 工作不是他喜歡的
C. 環境不錯
D. 工作太多了

________ 5. 小　張　和　小 李 什麼　時候 要 一起 吃飯？
Xiǎo Zhāng hàn Xiǎo Lǐ shénme shíhòu yào yìqǐ chīfàn?

A. 小李找到新工作的時候

B. 小張生日的時候

C. 晚上七點下班後

D. 這個週末

# 29 100分
100 fēn

一、以下會有一段對話，請大家專心聽，
yǐ xià huì yǒu yí duàn duì huà, qǐng dà gū zhuān xīn tīng,
聽完後請回答下面的問題。
tīng wán hòu qǐng huí dá xià miàn de wèn tí.

## 二、請回答以下問題
Qǐng huídá yǐxià wèntí

_______ 1. 媽媽 要 陪 娜娜複習 什麼？
Māma yào péi Nànà fùxí shénme?

A. 生字
B. 數學
C. 生詞
D. 課文

_______ 2. 娜娜 擔心 什麼 事 呢？
Nànà dānxīn shénme shì ne?

A. 考試考零分
B. 考試考不好
C. 單字背不完
D. 老師以爲她考試抄同學的

_______ 3. 媽媽 不 希望 娜娜 怎麼樣？
Māma bù xīwàng Nànà zěnmeyàng?

A. 考試有進步
B 趕快背單字
C. 考試考不好
D. 複習功課

_______ 4. 上次 考試 娜娜 沒 讀書，結果 怎麼了？
Shàngcì kǎoshì Nànà méi dúshū, jiéguǒ zěnmele?

A. 考試考零分
B. 考試考一百分
C. 考試都會寫
D. 考試及格了

_____ 5. 媽媽 多久 之後 要 考 娜娜？

Māma duōjiǔ zhīhòu yào kǎo Nànà?

A. 15分鐘後

B. 30分鐘後

C. 45分鐘後

D. 60分鐘後

# 30 在 服裝 店
zài fúzhuāng diàn

一、以下會 有一 段 對話，請大家 專心聽，
yǐ xià huì yǒu yí duàn duì huà, qǐng dà gū zhuān xīn tīng,
聽完 後 請回答 下面的 問題。
tīng wán hòu qǐng huí dá xià miàn de wèn tí.

## 二、請回答以下問題
Qǐng huídá yǐxià wèntí

______ 1. 請問 客人 穿 幾號 褲子？
Qǐngwèn kèrén chuān jǐ hào kùzi?

A. 38號
B. 40號
C. 42號
D. 44號

______ 2. 客人 穿 什麼 顏色 的 褲子很 好看？
Kèrén chuān shénme yánsè de kùzi hěn hǎokàn?

A. 紅色
B. 藍色
C. 白色
D. 黑色

______ 3. 客人 要 買 褲子 嗎？
Kèrén yào mǎi kùzi ma?

A. 不要買
B. 要買
C. 不想買
D. 想買

______ 4. 小朋友 幾 歲？
Xiǎopéngyǒu jǐ suì?

A. 三歲
B. 七歲
C. 十歲
D. 十二歲

______ 5. 小朋友　喜歡　什麼　顏色？
Xiǎopéngyǒu xǐhuān shénme yánsè?

A. 黑色和白色

B. 紫色和粉紅色

C. 綠色和黃色

D. 紫色和粉紅色

# 31 出遊
chūyóu

**一、以下會 有一段 對話，請大家 專心聽，**
yǐ xià huì yǒu yí duàn duì huà,　qǐng dà gū zhuān xīn tīng,
**聽完 後 請回答 下面的 問題。**
tīng wán hòu qǐng huí dá xià miàn de wèn tí.

## 二、請回答以下問題
Qǐng huídá yǐxià wèntí

______ 1. 請問 小 晴 和 小 君 約 好 要 一起去哪裡？
Qǐngwèn Xiǎo Qíng hàn Xiǎo Jūn yuē hǎo yào yìqǐ qù nǎlǐ?

A. 超市
B. 電影院
C. 遊樂園
D. 學校

______ 2. 小 晴 和 小 君 約 什麼 時候 見面？
Xiǎo Qíng hàn Xiǎo Jūn yuē shénme shíhòu jiànmiàn?

A. 星期四，早上七點
B. 星期五，早上八點
C. 星期六，早上七點
D. 星期天，早上八點

______ 3. 小 晴 和 小 君 約 在 哪裡 見面？
Xiǎo Qíng hàn Xiǎo Jūn yuē zài nǎlǐ jiànmiàn?

A. 小晴家
B. 公車站
C. 超市前面
D. 公園前面

______ 4. 小 君 想 帶 誰 一起去 玩？
Xiǎo Jūn xiǎng dài shéi yìqǐ qù wán?

A. 哥哥
B. 姐姐
C. 弟弟
D. 妹妹

______ 5. 小　晴也想　約　誰一起去玩？
Xiǎo Qíng yě xiǎng yuē shéi yìqǐ qù wán?

A. 鄰居

B. 同學

C. 朋友

D. 表妹

# 32 天氣
tiānqì

一、以下會 有一段 對話，請大家 專心聽，
yǐ xià huì yǒu yí duàn duì huà, qǐng dà gū zhuān xīn tīng,
聽完 後 請回答 下面的 問題。
tīng wán hòu qǐng huí dá xià miàn de wèn tí.

## 二、請回答以下問題
Qǐng huídá yǐxià wèntí

______ 1. 小　明　爲什麼　喜歡　冬天？
Xiǎo Míng wèishénme xǐhuān dōngtiān?

A. 因爲可以喝冰冰的奶茶
B. 因爲可以喝冰冰的巧克力
C. 因爲可以喝熱熱的奶茶
D. 因爲可以喝熱熱的巧克力

______ 2. 小　東　覺得　冬天　怎麼樣？
Xiǎo Dōng juéde dōngtiān zěnmeyàng?

A. 風又大，又容易感冒
B. 風又大，又容易流汗
C. 雨又大，又容易感冒
D. 雨又大，又容易流汗

______ 3. 小　明　覺得　冬天　穿　什麼　就不 冷了？
Xiǎo Míng juéde dōngtiān chuān shénme jiù bù lěngle?

A. 厚厚的外套
B. 厚厚的手套
C. 厚厚的圍巾
D. 厚厚的襪子

______ 4. 小　東　更　喜歡　什麼 季節？
Xiǎo Dōng gèng xǐhuān shénme jìjié?

A. 春天
B. 夏天
C. 秋天
D. 冬天

______ 5. 小　明　為什麼　不 喜歡　夏天？
Xiǎo Míng wèishénme bù xǐhuān xiàtiān?

A. 因爲太熱了，而且會感冒
B. 因爲太熱了，而且會流汗
C. 因爲太冷了，而且會感冒
D. 因爲太冷了，而且會流汗

# 33 中秋節
Zhōngqiū jié

一、以下會有一段對話，請大家專心聽，
yǐ xià huì yǒu yí duàn duì huà, qǐng dà gū zhuān xīn tīng,
聽完後請回答下面的問題。
tīng wán hòu qǐng huí dá xià miàn de wèn tí.

## 二、請回答以下問題
Qǐng huídá yǐxià wèntí

______ 1. 今年 的 中秋 節 是 哪 一天？
Jīnnián de Zhōngqiū jié shì nǎ yìtiān?

A. 星期四
B. 星期五
C. 星期六
D. 星期天

______ 2. 小 東 和 小 明 要 在哪裡 過 中秋 節？
Xiǎo Dōng hàn Xiǎo Míng yào zài nǎlǐ guò Zhōngqiū jié?

A. 小東家
B. 小明家
C. 快餐店
D. 燒烤店

______ 3. 小 明 家 要 準備 什麼？
Xiǎo Míng jiā yào zhǔnbèi shénme?

A. 蛋糕和三明治
B. 飯後甜點和飲料
C. 漢堡和薯條
D. 肉和蔬菜

______ 4. 小 東 家 要 準備 什麼？
Xiǎo Dōng jiā yào zhǔnbèi shénme?

A. 蛋糕和三明治
B. 飯後甜點和飲料
C. 漢堡和薯條
D. 肉和蔬菜

_________ 5. 小明說幾點可以過去幫忙？
Xiǎo Míng shuō jǐ diǎn kěyǐ guòqù bāngmáng?

A. 五點整

B. 五點之前

C. 五點過後

D. 五點半

# 34 做 蛋糕

zuò dàngāo

一、以下會 有一段 對話，請大家 專心聽，

yǐ xià huì yǒu yí duàn duì huà, qǐng dà gū zhuān xīn tīng,

聽完 後 請回答 下面的 問題。

tīng wán hòu qǐng huí dá xià miàn de wèn tí.

## 二、請回答以下問題
Qǐng huídá yǐxià wèntí



_______ 1. 什麼 時候 是 媽媽 的 生日？
Shénme shíhòu shì māma de shēngrì?

A. 昨天

B. 今天

C. 明天

D. 後天

_______ 2. 姐姐 和 妹妹 要 做 什麼 口味 的 蛋糕？
Jiějie hàn mèimei yào zuò shénme kǒuwèi de dàngāo?

A. 巧克力

B. 水果

C. 咖啡

D. 冰淇淋

_______ 3. 姐姐 和 妹妹 需要 什麼 材料 做 蛋糕？
Jiějie hàn mèimei xūyào shénme cáiliào zuò dàngāo?

A. 麵粉、糖、雞蛋、奶油和水果

B. 麵粉、糖、雞蛋、奶油和咖啡

C. 麵粉、鹽巴、雞蛋、奶油和水果

D. 麵粉、鹽巴、雞蛋、奶油和咖啡

_______ 4. 家裡 少了 什麼 材料？
Jiālǐ shǎole shénme cáiliào?

A. 水果

B. 奶油

C. 麵粉

D. 雞蛋

_______ 5. 姐姐 和 妹妹 總共 要 買 幾顆 雞蛋？

Jiějie hàn mèimei zǒnggòng yào mǎi jǐ kē jīdàn?

A. 三顆

B. 四顆

C. 十顆

D. 十三顆

# 搬家

bānjiā

**一、以下會有一段對話，請大家專心聽，**
yǐ xià huì yǒu yí duàn duì huà, qǐng dà gū zhuān xīn tīng,
**聽完後請回答下面的問題。**
tīng wán hòu qǐng huí dá xià miàn de wèn tí.

## 二、請回答以下問題
Qǐng huídá yǐxià wèntí

________ 1. 薇薇 什麼 時候 要 幫 佳佳 搬家？
Wéiwéi shénme shíhòu yào bāng Jiājiā bānjiā?

A. 星期六早上八點
B. 星期六早上九點
C. 星期六早上十點
D. 星期六早上十一點

________ 2. 佳佳 爲什麼 要 搬家？
Jiājiā wèishénme yào bānjiā?

A. 因爲她家離銀行太遠了
B. 因爲她家離超市太遠了
C. 因爲她家離公司太遠了
D. 因爲她家離餐廳太遠了

________ 3. 佳佳 現在 住 的 地方 離 公司 多 遠？
Jiājiā xiànzài zhù de dìfāng lí gōngsī duō yuǎn?

A. 開車一個小時
B. 開車兩個小時
C. 開車三個小時
D. 開車四個小時

________ 4. 佳佳 的 新家 離 公司 多 遠？
Jiājiā de xīnjiā lí gōngsī duō yuǎn?

A. 一條街
B. 兩條街
C. 三條街
D. 四條街

______ 5. 佳佳 的 新家　旁邊　有　什麼？
Jiājiā de xīnjiā pángbiān yǒu shénme?

A. 銀行

B. 超級市場

C. 醫院

D. 便利商店

# 36 認識 新 學校
rènshi xīn xuéxiào

一、以下會 有一 段 對話，請大家 專心聽，
yǐ xià huì yǒu yí duàn duì huà, qǐng dà gū zhuān xīn tīng,
聽完 後 請回答 下面的 問題。
tīng wán hòu qǐng huí dá xià miàn de wèn tí.

## 二、請回答以下問題
Qǐng huídá yǐxià wèntí

_____ 1. 圖書 館 在幾樓?
Túshū guǎn zài jǐ lóu?

A. 一樓
B. 二樓
C. 三樓
D. 四樓

_____ 2. 這 位 新生 是 什麼 系的 學生?
Zhè wèi xīnshēng shì shénme xì de xuéshēng?

A. 經濟系
B. 法律系
C. 醫學系
D. 外語系

_____ 3. 老師 的 辦公室 在幾樓?
Lǎoshī de bàngōngshì zài jǐ lóu?

A. 一樓
B. 二樓
C. 三樓
D. 四樓

_____ 4. 走路幾 分鐘 可以到 女生 宿舍?
Zǒulù jǐ fēnzhōng kěyǐ dào nǚshēng sùshè?

A. 一分鐘
B. 五分鐘
C. 十分鐘
D. 十五分鐘

________ 5. 學姐 說 哪裡 有 好吃 又 便宜 的 地方？
Xuéjiě shuō nǎlǐ yǒu hǎochī yòu piányí de dìfāng?

A. 學校旁邊的餐廳

B. 學校後面的咖啡廳

C. 一樓的學生食堂

D. 夜市

# 地理

dìlǐ

一、以下會有一段對話，請大家專心聽，
yǐ xià huì yǒu yí duàn duì huà, qǐng dà gū zhuān xīn tīng,
聽完後請回答下面的問題。
tīng wán hòu qǐng huí dá xià miàn de wèn tí.

## 二、請回答以下問題
Qǐng huídá yǐxià wèntí

______ 1. 地球有 幾大洲？
Dìqiú yǒu jǐ dàzhōu?

A. 四大洲
B. 五大洲
C. 六大洲
D. 七大洲

______ 2. 哪一 洲 最大？
Nǎ yì zhōu zuìdà?

A. 亞洲
B. 非洲
C. 歐洲
D. 大洋洲

______ 3. 哪一 洲 最小？
Nǎ yì zhōu zuìxiǎo?

A. 亞洲
B. 非洲
C. 歐洲
D. 大洋洲

______ 4. 大洋洲 有 幾個 國家？
Dàyángzhōu yǒu jǐ ge guójiā?

A. 十個
B. 十二個
C. 十六個
D. 十八個

_______ 5. 歐文 之後 想 去 澳洲 做 什麼？
Ōuwén zhīhòu xiǎng qù Àozhōu zuò shénme?

A. 工作

B. 旅遊

C. 讀書

D. 買東西

# 38 寵物
chǒngwù

一、以下會有一段對話，請大家專心聽，
yǐ xià huì yǒu yí duàn duì huà, qǐng dà gū zhuān xīn tīng,
聽完後請回答下面的問題。
tīng wán hòu qǐng huí dá xià miàn de wèn tí.

## 二、請回答以下問題
Qǐng huídá yǐxià wèntí



________ 1. 小 萱 家有幾隻 寵物？
Xiǎo Xuān jiā yǒu jǐ zhī chǒngwù?

A. 一隻
B. 兩隻
C. 三隻
D. 沒有養寵物

________ 2. 小 萱 家 養 的是 什麼 寵物？
Xiǎo Xuān jiā yǎng de shì shénme chǒngwù?

A. 一隻小狗和一隻小貓
B. 一隻小狗和一隻小鳥
C. 一隻小狗和一隻小兔子
D. 一隻小狗和一隻小烏龜

________ 3. 小 俊 家有幾隻 寵物？
Xiǎo Jùn jiā yǒu jǐ zhī chǒngwù?

A. 一隻
B. 兩隻
C. 三隻
D. 沒有養寵物

________ 4. 小 俊 最 喜歡 什麼 動物？
Xiǎo Jùn zuì xǐhuān shénme dòngwù?

A. 小貓
B. 小狗
C. 兔子
D. 獅子

________ 5. 如果 要 養 寵物，小 俊 會 養 什麼？
Rúguǒ yào yǎng chǒngwù, Xiǎo Jùn huì yǎng shénme?

A. 小貓

B. 小狗

C. 兔子

D. 獅子

# 39 紅包
hóngbāo

**一、以下會有一段對話，請大家專心聽，**
yǐ xià huì yǒu yí duàn duì huà,　qǐng dà gū zhuān xīn tīng,
**聽完後請回答下面的問題。**
tīng wán hòu qǐng huí dá xià miàn de wèn tí.

## 二、請回答以下問題
Qǐng huídá yǐxià wèntí

______ 1. 小 敏 今年 從 誰 那裡 收 到 紅包？
Xiǎo Mǐn jīnnián cóng shéi nàlǐ shōu dào hóngbāo?

A. 爺爺
B. 奶奶
C. 叔叔
D. 姑姑

______ 2. 小 敏 打算 用 紅包 錢 做 什麼？
Xiǎo Mǐn dǎsuàn yòng hóngbāo qián zuò shénme?

A. 買電腦
B. 買手機
C. 買機票
D. 存起來

______ 3. 小 敏 打算 去 哪裡？
Xiǎo Mǐn dǎsuàn qù nǎlǐ?

A. 倫敦
B. 巴黎
C. 羅馬
D. 紐約

______ 4. 小 芹 之後 想 用 存起來的 錢 買 什麼？
Xiǎo Qín zhīhòu xiǎng yòng cún qǐlái de qián mǎi shénme?

A. 手機
B. 手錶
C. 電腦
D. 電視

______ 5. 小芹還差多少錢才能買她想要的東西？
Xiǎo Qín hái cha duōshǎo qián cái néng mǎi tā xiǎng yào de dōngxi?

A. 兩千塊

B. 三千塊

C. 四千塊

D. 五千塊

# 40 交通 工具
jiāotōng gōngjù

一、以下會 有一 段 對話，請大家 專心聽，
yǐ xià huì yǒu yí duàn duì huà, qǐng dà gū zhuān xīn tīng,
聽完 後 請回答 下面的 問題。
tīng wán hòu qǐng huí dá xià miàn de wèn tí.

## 二、請回答以下問題
Qǐng huídá yǐxià wèntí

______ 1. 小 廷 喜歡 坐 什麼 交通 工具 旅行？
Xiǎo Tíng xǐhuān zuò shénme jiāotōng gōngjù lǚxíng?

A. 船
B. 飛機
C. 火車
D. 地鐵

______ 2. 小 威 爲什麼 喜歡 坐飛機 旅行？
Xiǎo Wēi wèishénme xǐhuān zuò fēijī lǚxíng?

A. 因爲可以看大大小小的雲
B. 因爲可以看美麗的風景
C. 因爲很快
D. 因爲很方便

______ 3. 小 威 不 喜歡 坐 什麼 交通 工具？
Xiǎo Wēi bù xǐhuān zuò shénme jiāotōng gōngjù?

A. 船
B. 飛機
C. 火車
D. 地鐵

______ 4. 小 廷 爲什麼 不 喜歡 坐 船？
Xiǎo Tíng wèishénme bù xǐhuān zuò chuán?

A. 因爲會想吐
B. 因爲會頭暈
C. 因爲很慢
D. 因爲很貴

_______ 5. 小 威 特別 想 坐 哪個 交通 工具？
Xiǎo Wēi tèbié xiǎng zuò nǎge jiāotōng gōngjù?

A. 船

B. 飛機

C. 火車

D. 雙層巴士

# 41 買 飲料
Mǎi yǐnliào

**一、以下會 有一 段 對話，請大家 專心聽，**
yǐ xià huì yǒu yí duàn duì huà, qǐng dà gū zhuān xīn tīng,
**聽完 後 請回答 下面的 問題。**
tīng wán hòu qǐng huí dá xià miàn de wèn tí.

## 二、請回答以下問題
Qǐng huídá yǐxià wèntí

______ 1. 小 明 想 喝 什麼？
Xiǎo Míng xiǎng hē shénme?

A. 冰紅茶
B. 冰咖啡
C. 熱紅茶
D. 熱咖啡

______ 2. 小 明 爲什麼 想 喝 小 杯 的 飲料？
Xiǎo Míng wèishénme xiǎng hē xiǎo bēi de yǐnliào?

A. 因爲等下要吃飯
B. 因爲剛吃飽
C. 因爲太貴了
D. 因爲沒有大杯的

______ 3. 大 雄 想 喝 什麼？
Dà Xióng xiǎng hē shénme?

A. 冰奶茶
B. 冰咖啡
C. 熱奶茶
D. 熱咖啡

______ 4. 大 雄 想 買 飲料 回去 給 誰？
Dà Xióng xiǎng mǎi yǐnliào huíqù gěi shéi?

A. 同學
B. 老師
C. 校長
D. 主任

_______ 5. 大　雄　一共　花了　多少　錢？
Dà Xióng yígòng huāle duōshǎo qián?

A. 六十元

B. 七十五元

C. 八十元

D. 九十五元

# 42 叫 外賣

jiào wàimài

**一、以下會 有一段 對話，請大家 專心聽，**
yǐ xià huì yǒu yí duàn duì huà, qǐng dà gū zhuān xīn tīng,
**聽完 後 請回答 下面的 問題。**
tīng wán hòu qǐng huí dá xià miàn de wèn tí.

## 二、請回答以下問題
Qǐng huídá yǐxià wèntí

_______ 1. 先生　和 太太 晚飯　怎麼　做？
Xiānshēng hàn tàitai wǎnfàn zěnme zuò?

A. 自己煮
B. 叫外賣
C. 去餐廳吃
D. 去朋友家吃

_______ 2. 先生　和 太太 已經 連續 幾天 吃 披薩了？
Xiānshēng hàn tàitai yǐjīng liánxù jǐtiān chī pīsà le?

A. 兩天
B. 三天
C. 四天
D. 五天

_______ 3. 先生　今天　想　吃　什麼　餐？
Xiānshēng jīntiān xiǎng chī shénme cān?

A. 義大利餐
B. 中國餐
C. 西班牙餐
D. 韓國餐

_______ 4. 先生　和 太太 最後　決定　吃　什麼？
Xiānshēng hàn tàitai zuìhòu juédìng chī shénme?

A. 水餃和鍋貼
B. 包子和水餃
C. 水餃和麵
D. 炒飯和鍋貼

______ 5. 先生　和太太要叫幾份餐？
Xiānshēng hàn tàitai yào jiào jǐ fèn cān?

A. 一份

B. 兩份

C. 三份

D. 四份

# 43 牙醫
yáyī

一、以下會 有一 段 對話，請大家 專心聽，
yǐ xià huì yǒu yí duàn duì huà, qǐng dà gū zhuān xīn tīng,
聽完 後 請回答 下面的 問題。
tīng wán hòu qǐng huí dá xià miàn de wèn tí.

## 二、請回答以下問題
Qǐng huídá yǐxià wèntí

_______ 1. 李　先生　哪裡 痛？
Lǐ xiānsheng nǎlǐ tòng?

A. 頭痛
B. 手痛
C. 牙齒痛
D. 喉嚨痛

_______ 2. 爲什麼　李　先生　明天　早上　不能　去看　醫生？
Wèishénme Lǐ xiānsheng míngtiān zǎoshàng bùnéng qù kàn yīshēng?

A. 因爲要上班
B. 因爲要出差
C. 因爲要旅行
D. 因爲要休息

_______ 3. 爲什麼　李　先生　明天　下午　不能　去 看　醫生？
Wèishénme Lǐ xiānsheng míngtiān xiàwǔ bùnéng qù kàn yīshēng?

A. 因爲預約的人太多了
B. 因爲診所沒開
C. 因爲醫生不在
D. 因爲李先生沒空

_______ 4. 李　先生　最後 約　什麼　時候　看　醫生？
Lǐ xiānsheng zuìhòu yuē shénme shíhòu kàn yīshēng?

A. 明天晚上七點
B. 明天晚上七點半
C. 明天晚上八點
D. 明天晚上八點半

________ 5. 李　先生　需要 提早幾 分鐘　到？
Lǐ xiānsheng xūyào tízǎo jǐ fēnzhōng dào?

A. 一分鐘

B. 三分鐘

C. 五分鐘

D. 十分鐘

# 親戚

qīnqī

一、以下會 有一段 對話，請大家 專心聽，
yǐ xià huì yǒu yí duàn duì huà, qǐng dà jiā zhuān xīn tīng,
聽完 後 請回答 下面的 問題。
tīng wán hòu qǐng huí dá xià miàn de wèn tí.

## 二、請回答以下問題
Qǐng huídá yǐxià wèntí



_____ 1. 小 茹 暑假 做了 什麼？
Xiǎo Rú shǔjià zuòle shénme?

A. 在家寫作業
B. 去游泳
C. 去爬山
D. 去打工

_____ 2. 小 瑜 的 親戚 從 哪裡 來 看 她？
Xiǎo Yú de qīnqī cóng nǎlǐ lái kàn tā?

A. 倫敦
B. 巴黎
C. 紐約
D. 東京

_____ 3. 這次 都 有 誰 來？
Zhècì dōu yǒu sheí lái?

A. 奶奶、阿姨、堂妹
B. 奶奶、阿姨、表妹
C. 外婆、阿姨、堂妹
D. 外婆、阿姨、表妹

_____ 4. 小 瑜 的 表妹 幾歲？
Xiǎo Yú de biǎomèi jǐsuì?

A. 一歲
B. 兩歲
C. 三歲
D. 四歲

_______ 5. 小 瑜的親戚 什麼 時候 回去？
Xiǎo Yú de qīnqī shénme shíhòu huíqù?

A. 下個星期四

B. 下個星期五

C. 下個星期六

D. 下個星期天

# 45 買 鞋子
mǎi xiézi

一、以下會 有一 段 對話，請大家 專心聽，
yǐ xià huì yǒu yí duàn duì huà, qǐng dà gū zhuān xīn tīng,
聽完 後 請回答 下面的 問題。
tīng wán hòu qǐng huí dá xià miàn de wèn tí.

## 二、請回答以下問題
Qǐng huídá yǐxià wèntí

_____ 1. 這 位 顧客 想 要 看 什麼樣 的 鞋子？
Zhè wèi gùkè xiǎng yào kàn shénmeyàng de xiézi?

A. 深色的布鞋

B. 淺色的皮鞋

C. 深色的皮鞋

D. 淺色的布鞋

_____ 2. 這 位 顧客 想 要 買 什麼 顏色 的 鞋子？
Zhè wèi gùkè xiǎng yào mǎi shénme yánsè de xiézi?

A. 咖啡色或黃色

B. 咖啡色或紅色

C. 黑色或咖啡色

D. 黑色或紅色

_____ 3. 這 位 顧客 穿 幾號 的 鞋子？
Zhè wèi gùkè chuān jǐ hào de xiézi?

A. 34號

B. 35號

C. 36號

D. 37號

_____ 4. 這 位 顧客 最後 決定 買 什麼 顏色 的 鞋子？
Zhè wèi gùkè zuìhòu juédìng mǎi shénme yánsè de xiézi?

A. 紅色

B. 黑色

C. 黃色

D. 咖啡色

______ 5. 那　雙　鞋子 多少　錢？
Nà shuāng xiézi duōshǎo qián?

A. 一千兩百元

B. 一千三百元

C. 一千四百元

D. 一千五百元

# 46 訂 餐廳
dìng cāntīng

一、以下會 有一 段 對話，請大家 專心聽，
yǐ xià huì yǒu yí duàn duì huà, qǐng dà gū zhuān xīn tīng,
聽完 後 請回答 下面的 問題。
tīng wán hòu qǐng huí dá xià miàn de wèn tí.

## 二、請回答以下問題
Qǐng huídá yǐxià wèntí

______ 1. 這 位 顧客 姓 什麼？
Zhè wèi gùkè xìng shénme?

A. 王
B. 林
C. 李
D. 陳

______ 2. 這 位 顧客 要 訂位 給 幾 個 人？
Zhè wèi gùkè yào dìngwèi gěi jǐ ge rén?

A. 六個人
B. 七個人
C. 十個人
D. 十二個人

______ 3. 總共 有 幾 個 小孩？
Zǒnggòng yǒu jǐ ge xiǎohái?

A. 一個
B. 兩個
C. 三個
D. 四個

______ 4. 這 位 顧客 要 訂 什麼 時候？
Zhè wèi gùkè yào dìng shénme shíhòu?

A. 今天晚上
B. 明天晚上
C. 後天晚上
D. 明天中午

_______ 5. 這 位 顧客的 電話 號碼 是 多少？
Zhè wèi gùkè de diànhuà hàomǎ shì duōshǎo?

A. 0935814217

B. 0933814227

C. 0935814237

D. 0933814217

# 47 在 醫院

zài yīyuàn

**一、以下會有一段 對話，請大家 專心聽，**
yǐ xià huì yǒu yí duàn duì huà, qǐng dà gū zhuān xīn tīng,
**聽完 後 請回答 下面的 問題。**
tīng wán hòu qǐng huí dá xià miàn de wèn tí.

## 二、請回答以下問題
Qǐng huídá yǐxià wèntí

______ 1. 小 華 和 小 麗 在哪裡？
Xiǎo Huá hàn Xiǎo Lì zài nǎlǐ?

A. 醫院大廳
B. 廁所外面
C. 超級市場
D. 病房裡

______ 2. 小 華 和 小 麗 多久 沒 見 了？
Xiǎo Huá hàn Xiǎo Lì duōjiǔ méi jiàn le?

A. 五年
B. 六年
C. 七年
D. 八年

______ 3. 小 華 為什麼 要 去 醫院？
Xiǎo Huá wèishénme yào qù yīyuàn?

A. 因為她媳婦生小孩
B. 因為她女兒生小孩
C. 因為她生病了
D. 因為她母親生病了

______ 4. 小 麗 為什麼 要 去 醫院？
Xiǎo Lì wèishénme yào qù yīyuàn?

A. 因為她女兒病了
B. 因為她女兒剛生小孩
C. 因為她生病了
D. 因為她陪朋友來看病

______ 5. 小 華 和 小 麗 要 去 醫院 幾 樓？
Xiǎo Huá hàn Xiǎo Lì yào qù yīyuàn jǐ lóu?

A. 二樓
B. 三樓
C. 四樓
D. 五樓

# 48 警局 報案
jǐngjú bàoàn

一、以下會 有一段 對話，請大家 專心聽，
yǐ xià huì yǒu yí duàn duì huà, qǐng dà gū zhuān xīn tīng,
聽完 後 請回答 下面的 問題。
tīng wán hòu qǐng huí dá xià miàn de wèn tí.

## 二、請回答以下問題
Qǐng huídá yǐxià wèntí

________ 1. 這個 對話 可能 發生 在哪裡？
Zhège duìhuà kěnéng fāshēng zài nălǐ?

A. 超市
B. 醫院
C. 警察局
D. 餐廳

________ 2. 不見 的 小 女孩幾歲？
Bújiàn de xiăo nǚhái jǐ suì?

A. 三歲
B. 四歲
C. 五歲
D. 六歲

________ 3. 小 女孩 是 女人 的 誰？
Xiăo nǚhái shì nǚrén de shéi?

A. 兒子
B. 女兒
C. 孫子
D. 孫女

________ 4. 女人 和 小 女孩 在哪裡 走散 的？
Nǚrén hàn xiăo nǚhái zài nălǐ zǒusàn de?

A. 超市
B. 醫院
C. 公園
D. 餐廳

_______ 5. 小 女孩　穿著　什麼　顏色 的 衣服？
Xiǎo nǚhái chuānzhe shénme yánsè de yīfu?

A. 藍色上衣和黑色褲子
B. 藍色外套和白色褲子
C. 白色上衣和藍色裙子
D. 藍色上衣和白色裙子

# 49 公車 上

gōngchē shàng

一、以下會 有一 段 對話，請大家 專心聽，

yǐ xià huì yǒu yí duàn duì huà, qǐng dà gū zhuān xīn tīng,

聽完 後 請回答 下面的 問題。

tīng wán hòu qǐng huí dá xià miàn de wèn tí.

## 二、請回答以下問題
Qǐng huídá yǐxià wèntí

______ 1. 乘客　想　去哪裡？
Chéngkè xiǎng qù nǎlǐ?

A. 書店
B. 銀行
C. 超市
D. 醫院

______ 2. 乘客　錯 過幾 站　了？
Chéngkè cuò guò jǐ zhàn le?

A. 一站
B. 兩站
C. 五站
D. 三站

______ 3. 爲什麼　乘客 會 坐 過　站？
Wèishénme chéngkè huì zuò guò zhàn?

A. 因爲睡著了
B. 因爲在看書
C. 因爲在跟別人聊天
D. 因爲在聽音樂

______ 4. 司機要　乘客　什麼　時候　下車？
Sījī yào chéngkè shénme shíhòu xiàchē?

A. 下一站
B. 再兩站
C. 再三站
D. 再四站

______ 5. 乘客　要 改 搭 哪 班　公車　呢？
Chéngkè yào gǎi dā nǎ bān gōngchē ne?

A. 301號

B. 302號

C. 303號

D. 304號

# 50 電影院
diànyǐngyuàn

一、以下會 有一段 對話，請大家 專心聽，
yǐ xià huì yǒu yí duàn duì huà, qǐng dà gū zhuān xīn tīng,
聽完 後 請回答 下面的 問題。
tīng wán hòu qǐng huí dá xià miàn de wèn tí.

## 二、請回答以下問題
Qǐng huídá yǐxià wèntí

______ 1. 男人 想 要幾點的 電影 票？
Nánrén xiǎng yào jǐ diǎn de diànyǐng piào?

A. 下午三點
B. 下午四點
C. 下午五點
D. 晚上六點

______ 2. 有幾個 大人幾個 小孩 要 看 電影？
Yǒu jǐ ge dàrén jǐ ge xiǎohái yào kàn diànyǐng?

A. 三個大人
B. 三個小孩
C. 一個大人、兩個小孩
D. 兩個大人、一個小孩

______ 3. 他們 想 看 什麼 電影？
Tāmen xiǎng kàn shénme diànyǐng?

A. 白色戀人
B. 機器戰警
C. 黑虎
D. 黑豹

______ 4. 他們 會 坐在第幾排看 電影？
Tāmen huì zuò zài dì jǐ pái kàn diànyǐng?

A. 第六排
B. 第七排
C. 第九排
D. 第十排

__________ 5. 男人 一共 付了 多少 錢？
Nánrén yígòng fù le duōshǎo qián?

A. 八百元

B. 八百一十元

C. 八百五十元

D. 八百八十元

題本
生詞
解答

# 1 旅館 客房 服務
lǚguǎn kèfáng fúwù

## 一、對話
duì huà

（電話 鈴 響）
(diànhuà líng xiǎng)

客人：喂，您好！請問 是客服部嗎？
kèrén: wéi, nínhǎo! Qǐngwèn shì kèfúbù ma?

服務人員：是的，請問 有 什麼 地方 可以爲 您 服務？
fúwù rényuán: Shì de, qǐngwèn yǒu shénme dìfāng kěyǐ wèi nín fúwù?

客人：我們 房間 衛生紙 沒了。另外，想 再 跟 您 要 兩 瓶 水 和 冰 塊。
kèrén: Wǒmen fángjiān wèishēngzhǐ méile. Lìngwài, xiǎng zài gēn nín yào liǎng píng shuǐ hàn bīng kuài.

服務人員：好的，沒問題，請問 您 的 房號 是？
fúwù rényuán: Hǎo de, méiwèntí, qǐngwèn nín de fánghào shì?

客人：3516。
kèrén: 3516.

服務人員：好，那您 等 一下，立刻爲 您 送 過去。
fúwù rényuán: Hǎo, nà nín děng yíxià, lìkè wèi nín sòng guòqù.

客人：謝謝！
kèrén: Xièxie!

服務人員：不客氣！祝 您 有個 美好 的一天！
fúwù rényuán: Búkèqì! Zhù nín yǒu ge měihǎo de yìtiān!

## 二、生詞
shēng cí

| | 生詞 | 漢語拼音 | 文意解釋 |
|---|---|---|---|
| 1 | 客人 | kèrén | guest |
| 2 | 客服部 | kèfúbù | customer service department |
| 3 | 服務人員 | fúwù rényuán | service staff |
| 4 | 衛生紙 | wèishēngzhǐ | toilet paper |
| 5 | 冰塊 | bīng kuài | ice cubes |
| 6 | 房號 | fánghào | room number |
| 7 | 立刻 | lìkè | immediately |

## 三、練習的解答
liànxí de jiědá

1. A　2. B　3. B　4. D　5. B

# 2 菜市場 殺價
càishìchǎng shājià

## 一、對話
duì huà

老闆：來呵！快來買！蘋果 又 甜 又脆！五顆一百！
lǎobǎn: Lái ō! Kuài lái mǎi! Píngguǒ yòu tián yòu cuì! Wǔkē yìbǎi!

客人：老闆，三顆五十，可以嗎？
kèrén: Lǎobǎn, sān kē wǔshí, kěyǐ ma?

老闆：好啦！便宜賣！
lǎobǎn: Hǎo la! Piányí mài!

客人：老闆，那草莓 怎麼 賣？
kèrén: Lǎobǎn, nà cǎoméi zěnme mài?

老闆：草莓 很好吃呵，一盒八十，兩 盒一百五。
lǎobǎn: Cǎoméi hěn hǎo chī ō, yì hé bāshí, liǎng hé yìbǎi wǔ.

客人：好，那我買 兩 盒。這樣 一共 多少 錢？
kèrén: Hǎo, nà wǒ mǎi liǎng hé. Zhèyàng yígòng duōshǎo qián?

老闆：一共 兩 百 元。
lǎobǎn: Yígòng liǎng bǎi yuán.

## 二、生詞
shēng cí

| | 生詞 | 漢語拼音 | 文意解釋 |
|---|---|---|---|
| 1 | 蘋果 | píngguǒ | apple |

| | 生詞 | 漢語拼音 | 文意解釋 |
|---|---|---|---|
| 2 | 甜 | tián | sweet |
| 3 | 脆 | cuì | crisp |
| 4 | 便宜 | piányí | cheap |
| 5 | 草莓 | cǎoméi | strawberry |
| 6 | 怎麼賣 | zěnme mài | how much |
| 7 | 一共 | yígòng | total |
| 8 | 多少錢 | duōshǎo qián | how much |

## 三、練習的解答
liànxí de jiědá

1. B　2. A　3. D　4. B　5. B

# 3 餐廳 點餐
cāntīng diǎncān

## 一、對話
duì huà

服務員：歡迎　光臨！請問　您們 幾位 呢？
fúwùyuán: Huānyíng guānglín! Qǐngwèn nínmen jǐ wèi ne?

客人：我們 四個大人，一個小孩。
kèrén: Wǒmen sì ge dàrén, yíge xiǎohái.

服務員：好 的，這邊　請。
fúwùyuán: Hǎo de, zhèbiān qǐng.

服務員：今天　想　吃 點　什麼 呢？
fúwùyuán: Jīntiān xiǎng chī diǎn shénme ne?

客人：我們 看 一下。我們　要　兩　份 茄汁 海鮮義大利
kèrén: Wǒmen kàn yíxià. Wǒmen yào liǎng fèn qiézhī hǎixiān yìdàlì

麵，一個 瑪格麗特披薩，一份烤雞，再一份
miàn, yíge mǎgélìtè pīsà, yí fèn kǎojī, zài yí fèn

奶油　白醬 燉飯。
nǎiyóu báijiàng dùnfàn.

服務員：好 的。那　想要　喝點　什麼　呢？有可樂、
fúwùyuán: Hǎo de. Nà xiǎngyào hē diǎn shénme ne? Yǒu kělè,

咖啡、紅茶　和　奶茶。
kāfēi, hóngchá hàn nǎichá.

客人：一杯 冰　紅茶、兩　杯可樂、一杯熱咖啡。
kèrén: Yìbēi bīng hóngchá, liǎng bēi kělè, yì bēi rè kāfēi.

服務員：好的，沒問題。請 等 一下，餐點 馬上
fúwùyuán: Hǎo de, méiwèntí. Qǐng děng yíxià, cāndiǎn mǎshàng

來。
lái.

## 二、生詞
shēng cí

| | 生詞 | 漢語拼音 | 文意解釋 |
|---|---|---|---|
| 1 | 海鮮義大利麵 | hǎixiān yìdàlì miàn | seafood pasta |
| 2 | 瑪格麗特披薩 | mǎgélìtè pīsà | Margherita pizza |
| 3 | 奶油白醬雞肉燉飯 | nǎiyóu báijiàng jīròu dùnfàn | chicken risotto with cream sauce |
| 4 | 飲料 | yǐnliào | drinks |
| 5 | 咖啡 | kāfēi | coffee |
| 6 | 奶茶 | nǎichá | milk tea |

## 三、練習的解答
liànxí de jiědá

1. C 2. C 3. C 4. D 5. A

# 4 醫院 看診
yīyuàn kànzhěn

## 一、對話
duì huà

醫生：你好！這次哪裡不舒服呢？
yīshēng: Nǐhǎo! Zhècì nǎlǐ bù shūfú ne?

病人：醫生，我胃不舒服，這幾天一直拉肚子。
bìngrén: Yīshēng, wǒ wèi bù shūfú zhè jǐ tiān yìzhí lādùzi.

醫生：從 什麼 時候 開始的？
yīshēng: Cóng shénme shíhòu kāishǐ de?

病人：從 星期一開始不舒服，開始肚子痛。但 從
bìngrén: Cóng xīngqíyī kāishǐ bù shūfú, kāishǐ dùzi tòng. Dàn cóng

星期二 才 開始 拉肚子。
xīngqíèr cái kāishǐ lādùzi.

醫生：嗯，今天星期四，所以你拉三 天了，對 不 對？
yīshēng: En, jīntiān xīngqísì, suǒyǐ nǐ lā sān tiānle, duì bú duì?

病人：對。
bìngrén: Duì.

醫生：那你這幾天 都 吃些 什麼？有 吃 藥 嗎？
yīshēng: Nà nǐ zhè jǐ tiān doū chī xiē shénme? Yǒu chī yào ma?

病人：我 都 吃不太 下。有 吃點 稀飯。沒有 吃 藥。
bìngrén: Wǒ doū chī bú tài xià. Yǒu chī diǎn xīfàn. Méiyǒu chī yào.

醫生：好，麻煩 你 躺 在這裡，我 檢查 一下。
yīshēng: Hǎo, máfán nǐ tǎng zài zhèlǐ, wǒ jiǎnchá yíxià.

病人：好。
bìngrén: Hǎo.

醫生：看來 是 一般 腸胃炎，不用 太 擔心。
yīshēng: Kànlái shì yìbān chángwèiyán, búyòng tài dānxīn.

病人：但是 我 都 吃不下。
bìngrén: Dànshì wǒ doū chībúxià.

醫生：讓 腸胃 休息一下也不錯。我 開 藥 給你，你
yīshēng: Ràng chángwèi xiūxí yíxià yě búcuò. Wǒ kāi yào gěi nǐ, nǐ

吃了之後 就不會拉了，明天 過後 就 會 好多了。
chīle zhīhòu jiù búhuì lāle, míngtiān guòhòu jiù huì hǎoduōle.

但記得，好了 之後，不要一下子吃 太多呵。
Dàn jìdé, hǎole zhīhòu, búyào yíxiàzi chī tàiduō ō.

病人：好 的，謝謝 醫生。
bìngrén: Hǎo de, xièxie yīshēng.

## 二、生詞
shēng cí

| | 生詞 | 漢語拼音 | 文意解釋 |
|---|---|---|---|
| 1 | 病人 | bìngrén | patient |
| 2 | 拉肚子 | lādùzi | diarrhea |
| 3 | 肚子痛 | dùzitòng | stomachache |
| 4 | 藥 | yào | medicine |
| 5 | 吃不下 | chībúxià | no appetite |
| 6 | 稀飯 | xīfàn | porridge |
| 7 | 腸胃炎 | chángwèiyán | gastroenteritis |
| 8 | 休息 | xiūxí | rest |

## 三、練習的解答
liànxí de jiědá

1. B　2. A　3. D　4. A　5. C

# 5 問路
wèn lù

## 一、對話
duì huà

陳 先生： 先生，不好意思，請問 一下，這附近有
Chén xiānshēng: Xiānsheng, bùhǎoyìsi, qǐngwèn yíxià, zhè fùjìn yǒu

便利 商店 嗎？
biànlì shāngdiàn ma?

路人：有，您 從 這裡 往前 直 走，第二個路口右 轉，
lùrén: Yǒu, nín cóng zhèlǐ wǎngqián zhí zǒu, dì-èr ge lùkǒu yòu zhuǎn

過 馬路，然後 再 左 轉 就可以看到了。您 從
guò mǎlù, ránhòu zài zuǒ zhuǎn jiù kěyǐ kàndàole. Nín cóng

這裡 走 過去 大約 五 分鐘。
zhèlǐ zǒu guòqù dàyuē wǔ fēnzhōng.

陳 先生：不好意思，是 先 右 轉 還是 左 轉？
Chén xiānshēng: Bùhǎoyìsi, shì xiān yòu zhuǎn háishì zuǒ zhuǎn?

路人：您 看，前面 不是 有 個 麥當勞？
lùrén: Nín kàn, qiánmiàn búshì yǒu ge Màidāngláo?

陳 先生： 麥當勞？有，我 看到 了。
Chén xiānshēng: Màidāngláo? Yǒu, wǒ kàndàole.

路人：那裡先 右 轉，右 轉 之後第一個路口 過 馬路，
lùrén: Nàlǐ xiān yòu zhuǎn, yòu zhuǎn zhīhòu dì-yī ge lùkǒu guò mǎlù,

接著 左 轉，您就會 看到了。
jiēzhe zuǒ zhuǎn, nín jiù huì kàndàole.

陳　先生：謝謝！想再跟您問一下，那間便利
Chén xiānshēng: Xièxie! Xiǎng zài gēn nín wèn yíxià, nà jiān biànlì

商店　是7-11還是 全家？
shāngdiàn shì 7-11 háishì Quánjiā?

路人：是7-11。
lùrén: Shì 7-11.

陳　先生：謝謝！謝謝！
Chén xiānshēng: Xièxie! Xièxiè!

## 二、生詞 shēng cí

| | 生詞 | 漢語拼音 | 文意解釋 |
|---|---|---|---|
| 1 | 便利商店 | biànlì shāngdiàn | convenience store |
| 2 | 直走 | zhí zǒu | go straight |
| 3 | 右轉 | yòu zhuǎn | turn right |
| 4 | 左轉 | zuǒ zhuǎn | turn left |
| 5 | 麥當勞 | Màidāngláo | McDonald's |
| 6 | 路口 | lùkǒu | intersection |

## 三、練習的解答 liànxí de jiědá

1. D　2. C　3. B　4. C　5. B

# 6 學校 上課
xuéxiào shàngkè

## 一、對話
duì huà

老師：各位 同學，上課了！請 回 座位，把 英文 課本
lǎoshī: Gèwèi tóngxué, shàngkèle! Qǐng huí zuòwèi, bǎ Yīngwén kèběn

拿出來，翻 到 45頁。來，你 來 唸 第一 段。咦？
ná chūlái, fān dào 45 yè. Lái, nǐ lái niàn dì-yī duàn. Yí?

等 一下，後面 那 位 同學，你要 去哪裡？
Děng yí xià, hòumiàn nà wèi tóngxué, nǐ yào qù nǎlǐ?

學生：老師，我 要 出去。
xuéshēng: Lǎoshī, wǒ yào chūqù.

老師：你 要 去廁所 嗎？
lǎoshī: Nǐ yào qù cèsuǒ ma?

學生：不是。
xuéshēng: Búshì.

老師：那你是不舒服嗎？
lǎoshī: Nà nǐ shì bù shūfú ma?

學生：沒有，我 沒有 不舒服。
xuéshēng: Méiyǒu, wǒ méiyǒu bù shūfú.

老師：如果 沒有 不舒服，又 沒有 要去 上廁所，快
lǎoshī: Rúguǒ méiyǒu bù shūfú, yòu méiyǒu yào qù shàngcèsuǒ, kuài

回來 坐下，我們 要 上課了。
huílái zuòxià, wǒmen yào shàngkèle.

學生：老師，我 現在 一定 要 出去。
xuéshēng: Lǎoshī, wǒ xiànzài yídìng yào chūqù.

老師：爲什麼？才第一節課，你 要 去哪裡？
lǎoshī: Wèishénme? Cái dì-yī jié kè, nǐ yào qù nǎlǐ?

學生：報告 老師，我走 錯 教室了。
xuéshēng: Bàogào lǎoshī, wǒ zǒu cuò jiàoshì le.

## 二、生詞 shēng cí

| | 生詞 | 漢語拼音 | 文意解釋 |
|---|---|---|---|
| 1 | 座位 | zuòwèi | seat |
| 2 | 課本 | kèběn | textbook |
| 3 | 廁所 | cèsuǒ | toilet |
| 4 | 走錯 | zǒucuò | go wrong |
| 5 | 教室 | jiàoshì | classroom |

## 三、練習的解答 liànxí de jiědá

1. A　2. C　3. A　4. A　5. B

# 筷子 怎麼 用？
kuàizi zěnme yòng?

## 一、對話
duì huà

小雅：來！來！來！快來吃吃看，這些 都 是 臺灣
Xiǎo Yǎ: Lái! Lái! Lái! Kuàilái chīchīkàn, zhèxiē dōu shì Táiwān

的 美食。
de měishí.

Mary：謝謝你！這 兩 枝 就是筷子，是不是？
Mary: Xièxie nǐ! Zhè liǎng zhī jiùshì kuàizi, shì búshì?

小雅：是的，Mary，你會 用 嗎？
Xiǎo Yǎ: Shì de, Mary, nǐ huì yòng ma?

Mary：我 不會，不 知道 這 要 怎麼 用。
Mary: Wǒ búhuì, bù zhīdào zhè yào zěnme yòng.

小雅：我 教 你。你 先 這樣 拿，對，就是 這樣。
Xiǎo Yǎ: Wǒ jiāo nǐ. Nǐ xiān zhèyàng ná, duì, jiùshì zhèyàng.

然後，試著 把它打開，像 這樣，對，很好。
Ránhòu, shìzhe bǎ tā dǎkāi, xiàng zhèyàng, duì, hěn hǎo.

然後 再合 起來，很 好。
Ránhòu zài hé qǐlái, hěn hǎo.

Mary：打開 再合起來，就可以夾 東西 了，是嗎？
Mary: Dǎkāi zài hé qǐlái, jiù kěyǐ jiá dōngxile, shì ma?

小雅：Mary，你 眞是 聰明。你 試試看夾 這個。
Xiǎo Yǎ: Mary, Nǐ zhēnshì cōngmíng. Nǐ shìshìkàn jiá zhège.

沒關係，再試一次。你看，成功了 吧！
Méiguānxi, zài shì yícì. Nǐ kàn, chénggōngle ba!

太好了！對了，在吃 圓形 的食物時，你
Tài hǎole! Duìle, zài chī yuánxíng de shíwù shí, nǐ

可以只用一枝筷子，像 這樣，用刺的。
kěyǐ zhǐ yòng yì zhī kuàizi, xiàng zhèyàng, yòng cì de.

Mary：好 方便 的餐具呵！哇，又 掉了！我再
Mary: Hǎo fāngbiàn de cānjù ō! Wā, yòu diàole! Wǒ zài

練習一次。
liànxí yícì.

小雅：你看呵！可以夾麵，可以夾菜，可以吃飯，
Xiǎo Yǎ: Nǐ kàn ō! Kěyǐ jiá miàn, kěyǐ jiá cài, kěyǐ chīfàn,

吃什麼 都可以用。
chī shénme dōu kěyǐ yòng.

Mary：好 神奇呵！
Mary: Hǎo shénqí ō!

小雅：厲害吧！跟你說，韓國、日本也都 用 筷子呵！
Xiǎo Yǎ: Lìhài ba! Gēn nǐ shuō, Hánguó, Rìběn yě dōu yòng kuàizi ō!

Mary：哇，那你再教我一次，我要 好好 練習。
Mary: Wā, Nà nǐ zài jiāo wǒ yícì, wǒ yào hǎohāo liànxí.

## 二、生詞
shēng cí

| | 生詞 | 漢語拼音 | 文意解釋 |
|---|---|---|---|
| 1 | 吃吃看 | chīchīkàn | try it |
| 2 | 筷子 | kuàizi | chopsticks |
| 3 | 打開 | dǎkāi | open |
| 4 | 合起來 | héqǐlái | close |
| 5 | 刺 | cì | pierce |
| 6 | 餐具 | cānjù | tableware |

## 三、練習的解答
liànxí de jiědá

1. B　2. D　3. C　4. A　5. C

# 8 喜歡 的 顏色
xǐhuān de yánsè



## 一、對話
duì huà

小　明：小 美，你 很 喜歡 白色，對不對？
Xiǎo Míng: Xiǎo Měi, nǐ hěn xǐhuān báisè, duìbúduì?

小　美：對啊，你怎麼 知道？
Xiǎo Měi: Duì a, nǐ zěnme zhīdào?

小　明：因爲 你 全身 上 下 都是 白色 的。衣服是 白 的，褲子也是 白 的。
Xiǎo Míng: Yīnwèi nǐ quánshēn shàng xià dōushì báisè de. Yīfu shì bái de, kùzi yě shì bái de.

小　美：你 不 覺得 白色 很 好看 嗎？乾乾淨淨 的，就像 天使 一樣。
Xiǎo Měi: Nǐ bù juéde báisè hěn hǎokàn ma? Gāngān-jìngjìng de, jiùxiàng tiānshǐ yíyàng.

小　明：嗯，現代 的 人 很 喜歡 白色 和 黑色，穿 衣服 也 都 是 這 兩 種 顏色。有 研究 指出，很多 鮮豔 的 顏色 正在 從 我們 生活 中 消失。
Xiǎo Míng: En, xiàndài de rén hěn xǐhuān báisè hàn hēisè, chuān yīfu yě doū shì zhè liǎng zhǒng yánsè. Yǒu yánjiù zhǐchū, hěnduō xiānyàn de yánsè zhèngzài cóng wǒmen shēnghuó zhōng xiāoshī.

小 美：對耶！現在 大家 真的 都 很少 穿 太過
Xiǎo Měi: Duì ye! Xiànzài dàjiā zhēnde dōu hěnshǎo chuān tàiguò

亮麗 的 顏色了。就 連 房子 也是 這樣！
liànglì de yánsèle. Jiù lián fángzi yě shì zhèyàng!

小 明：是 啊，整個 城市 都 灰灰的。
Xiǎo Míng: Shì a, zhěngge chéngshì dōu huīhuī de.

小 美：那 小 明，你 喜歡 什麼 顏色 呢？
Xiǎo Měi: Nà Xiǎo Míng, nǐ xǐhuān shénme yánsè ne?

小 明：我 喜歡 黃色 和 橘色，很 溫暖 又
Xiǎo Míng: Wǒ xǐhuān huángsè hàn júsè, hěn wēnnuǎn yòu

充滿 力量。
chōngmǎn lìliàng.

小 美：嗯，我 下次 也 來 試試 別的 顏色 好了！希望
Xiǎo Měi: En, wǒ xiàcì yě lái shìshì bié de yánsè hǎole! Xīwàng

這個 世界 多 點 色彩。
zhège shìjiè duō diǎn sècǎi.

## 二、生詞
shēng cí

| | 生詞 | 漢語拼音 | 文意解釋 |
|---|---|---|---|
| 1 | 褲子 | kùzi | pants |
| 2 | 乾淨 | gānjìng | clean |
| 3 | 天使 | tiānshǐ | angel |
| 4 | 鮮豔 | xiānyàn | bright |
| 5 | 亮麗 | liànglì | bright |

| | 生詞 | 漢語拼音 | 文意解釋 |
|---|---|---|---|
| 6 | 城市 | chéngshì | city |
| 7 | 力量 | lìliàng | strength |
| 8 | 色彩 | sècǎi | color |

## 三、練習的解答 liànxí de jiědá

1. C　2. D　3. D　4. C　5. A

# 9 生日
shēngrì

## 一、對話
duì huà

哥哥：弟弟，明天 不是 媽媽 生日 嗎？你 想要 送 什麼？
gēge: Dìdi, míngtiān búshì māma shēngrì ma? Nǐ xiǎngyào sòng shénme?

弟弟：哥，你記錯了，不是 明天 啦，是 後天，星期三。
dìdi: Gē, nǐ jìcuòle, búshì míngtiān la, shì hòutiān, xīngqísān.

哥哥：啊，對，今天 十 月 十五，後天 才 是 十 月 十七。那 你 想 送 什麼？
gēge: a, duì, jīntiān shí yuè shíwǔ, hòutiān cái shì shí yuè shíqī. Nà nǐ xiǎng sòng shénme?

弟弟：我 想 送 手機殼，我 已經 選好了。
dìdi: Wǒ xiǎng sòng shǒujīké, wǒ yǐjīng xuǎnhǎole.

哥哥：那 我 送 口紅。
gēge: Nà wǒ sòng kǒuhóng.

弟弟：口紅？ 為什麼？ 媽媽 又 不 化妝。
dìdi: Kǒuhóng? Wèishénme? Māma yòu bú huàzhuāng.

哥哥：是 啊，媽媽 不 化妝， 所以 她 就會 還 給 我，那 我 就 可以 送 我 女朋友 啦！
gēge: Shì a, māma bú huàzhuāng, suǒyǐ tā jiùhuì huán gěi wǒ, nà wǒ jiù kěyǐ sòng wǒ nǚpéngyǒu la!

弟弟：哥，是媽媽 生日耶，又不是你女朋友 生日！
dìdi: Gē, shì māma shēngrì ye, yòu búshì nǐ nǚpéngyǒu shēngrì!

## 二、生詞
shēng cí

| | 生詞 | 漢語拼音 | 文意解釋 |
|---|---|---|---|
| 1 | 生日 | shēngrì | birthday |
| 2 | 手機殼 | shǒujīké | phone case |
| 3 | 口紅 | kǒuhóng | lipstick |
| 4 | 化妝 | huàzhuāng | wear make-up |
| 5 | 女朋友 | nǚpéngyǒu | girlfriend |

## 三、練習的解答
liànxí de jiědá

1. A　2. D　3. C　4. C　5. B

# 10 運動
yùndòng

## 一、對話
duì huà

老公：老婆，你怎麼 都 不 運動？你 再 不動，身體
lǎogōng: Lǎopó, nǐ zěnme dōu bú yùndòng? Nǐ zài búdòng, shēntǐ

就 生病了！
jiù shēngbìngle!

老婆：你看，我 每天 做 那麼多家事，掃地、買菜、
lǎopó: Nǐ kàn, wǒ měitiān zuò nàmeduō jiāshì, sǎodì, mǎicài,

煮飯，整天 走來走去，哪裡 不 運動了？
zhǔfàn, zhěngtiān zǒu lái zǒu qù, nǎlǐ bú yùndòngle?

老公：做家事 不等於 運動！你做家事時心跳 又
lǎogōng: Zuò jiāshì bù děngyú yùndòng! Nǐ zuò jiāshì shí xīntiào yòu

不會 變 快，也不太會 流汗，是不是？我跟你
búhuì biàn kuài, yě bú tài huì liúhàn, shì búshì? Wǒ gēn nǐ

說，我一星期去打兩次籃球，打完 全身
shuō, wǒ yì xīngqí qù dǎ liǎngcì lánqiú, dǎwán quánshēn

舒暢，眞的 很 舒服！
shūchàng, zhēnde hěn shūfú!

老婆：我太 忙了，沒 時間 運動 啦！
lǎopó: Wǒ tài mángle, méi shíjiān yùndòng la!

老公：老婆，這樣 好了，我每天 晚上 都陪你去
lǎogōng: Lǎopó, zhèyàng hǎole, wǒ měitiān wǎnshàng doū péi nǐ qù

走一走，如何？
zǒuyìzǒu, rúhé?

老婆：走一走 就算 是 運動 啊？
lǎopó: Zǒuyīzǒu jiùsuàn shì yùndòng a?

老公：我們 可以 快走 啊，快走，心肺 功能 就會 提升。
lǎogōng: Wǒmen kěyǐ kuàizǒu a, kuàizǒu, xīnfèi gōngnéng jiùhuì tíshēng.

老婆：好啊，那 明天 開始。
lǎopó: Hǎo a, nà míngtiān kāishǐ.

老公：不行，今天 就要 開始 走了，因爲 我 要 我 的 老婆 健健康康 的。
lǎogōng: Bùxíng, jīntiān jiù yào kāichǐ zǒulo, yīnwèi wǒ yào wǒ de lǎopó jiànjiàn-kāngkāng de.

老婆：謝謝 你，我 的 好 老公！
lǎopó: Xièxie nǐ, wǒ de hǎo lǎogōng!

## 二、生詞
shēng cí

| | 生詞 | 漢語拼音 | 文意解釋 |
|---|---|---|---|
| 1 | 家事 | jiāshì | housework |
| 2 | 心跳 | xīntiào | heartbeat |
| 3 | 舒暢 | shūchàng | lightly |
| 4 | 心肺功能 | xīnfèi gōngnéng | heart and lung function |
| 5 | 提升 | tíshēng | enhance |
| 6 | 健康 | jiànkāng | healthy |

## 三、練習的解答
liànxí de jiědá

1. B 2. C 3. C 4. B 5. C

# 11 幾點 吃飯？
jǐdiǎn chīfàn?

## 一、對話
duì huà

阿惠：Mariana，我們 一起 去 吃 晚飯 吧！
Ā Huì: Mariana, wǒmen yìqǐ qù chī wǎnfàn ba!

Mariana：吃晚飯？ 現在？
Mariana: Chī wǎnfàn? Xiànzài?

阿惠：對 啊，都 六 點 了！如何？要 一起去 吃飯 嗎？
Ā Huì: Duì a, dōu liù diǎn le! Rúhé? Yào yìqǐ qù chīfàn ma?

Mariana：我們 義大利人 都 八、九 點 吃 晚餐。你們
Mariana: Wǒmen Yìdàlìrén dōu bā, jiǔ diǎn chī wǎncān. Nǐmen

臺灣 都 這時間 吃 晚餐 嗎？
Táiwān dōu zhè shíjiān chī wǎncān ma?

阿惠：是 啊，我們 大約 六、七 點 吃，你們 怎麼 那麼
Ā Huì: Shì a, wǒmen dàyuē liù, qī diǎn chī, nǐmen zěnme nàme

晚 才吃飯 啊？不會 太餓嗎？
wǎn cái chīfàn a? Búhuì tài è ma?

Mariana：不會！我們 下午 會 先 吃 點 小 餅乾。
Mariana: Búhuì! Wǒmen xiàwǔ huì xiān chī diǎn xiǎo bǐnggān.

晚點 吃，全 家人 才 能 聚 在 一起，才 能
Wǎndiǎn chī, quán jiārén cái néng jù zài yīqí, cái néng

好好 吃 一頓 飯 啊！
hǎohǎo chī yídùn fàn a!

阿惠：聽說 你們 吃 晚飯 要 兩、三 個 小時，這 是
Ā Huì: Tīngshuō nǐmen chī wǎnfàn yào liǎng, sān ge xiǎoshí, zhè shì

眞的 嗎？
zhēnde ma?

Mariana：是啊，大家 一邊 吃 一邊 聊，時間 一下 就 過
Mariana: Shì a, dàjiā yìbiān chī yībiān liáo, shíjiān yíxià jiù guò

了！你們 臺灣人 吃飯 太 快了！菜 一上來，
le! Nǐmen Táiwānrén chīfàn tài kuàile! Cài yíshànglái,

一下子 就 吃完了！
yíxiàzi jiù chīwánle!

阿惠：這 是 眞的，我們 吃飯 眞的 很 快，不到 一
Ā Huì: Zhè shì zhēnde, wǒmen chīfàn zhēnde hěn kuài, bú dào yì

小時 就 吃飽了！
xiǎoshí jiù chībǎole!

Mariana：是啊！你們 吃 那麼 快，能 好好 聊天 嗎？
Mariana: Shì a! Nǐmen chī nàme kuài, néng hǎohǎo liáotiān ma?

我們 啊，吃完 飯 還會 吃 甜點，喝咖啡。
Wǒmen a, chīwán fàn háihuì chī tiándiǎn, hē kāfēi.

阿惠：什麼？你們 那麼 晚 了 還 喝 咖啡？
Ā Huì: Shénme? Nǐmen nàme wǎn le hái hē kāfēi?

Mariana：沒錯，我們 就 是 要 好好 享受 生活。
Mariana: Méicuò, wǒmen jiù shì yào hǎohǎo xiǎngshòu shēnghuó.

好好 和 家人 朋友 在一起。
hǎohǎo hàn jiārén péngyǒu zài yīqǐ.

阿惠：嗯，這點 我們 應該 要 跟 你們 學，學會
Ā Huì: En, zhèdiǎn wǒmen yīnggāi yào gēn nǐmen xué, xuéhuì

慢活，學會 好好 生活。但是，我 不 想
mànhuó, xuéhuì hǎohǎo shēnghuó. Dànshì, wǒ bù xiǎng

因爲 太 晚 吃飯 而 變胖 啊！
yīnwèi tài wǎn chīfàn ér biànpàng a!

## 二、生詞 shēng cí

| | 生詞 | 漢語拼音 | 文意解釋 |
|---|---|---|---|
| 1 | 餅乾 | bǐnggān | biscuit |
| 2 | 甜點 | tiándiǎn | dessert |
| 3 | 享受 | xiǎngshòu | enjoy |
| 4 | 生活 | shēnghuó | life |
| 5 | 慢活 | mànhuó | slow living |
| 6 | 變胖 | biànpàng | get fat |

## 三、練習的解答 liànxí de jiědá

1. B　2. A　3. B　4. B　5. D

# 12 女 朋友
nǚ péngyǒu



## 一、對話
duì huà

兒子：爸，你幾歲的時候交第一個女 朋友？
érzi: Bà, nǐ jǐ suì de shíhòu jiāo dì-yī ge nǚ péngyǒu?

爸爸：這 這 這 是祕密啦！
bàba: Zhè zhè zhè shì mìmì la!

兒子：爸，媽又不在這，你直接 說啦！
érzi: Bà, mā yòu bú zài zhè, nǐ zhíjiē shuō la!

爸爸：我 想 一下，大概 是十六歲的時候吧！
bàba: Wǒ xiǎng yíxià, dàgài shì shíliù suì de shíhòu ba!

兒子：哇！十六歲，太強了！那你的初吻 也是在 十六 歲 嗎？
érzi: Wa! Shíliùsuì, tàiqiángle! Nà nǐ de chūwěn yě shì zài shíliù suì ma?

爸爸：算 是吧！你問 這個做 什麼？
bàba: Suàn shì ba! Nǐ wèn zhège zuò shénme?

兒子：爸，那你 是幾 歲的 時候 認識 媽媽 的？
érzi: Bà, nà nǐ shì jǐ suì de shíhòu rènshì māma de?

爸爸：那 年 我 二十六，你 媽媽 二十三。
bàba: Nà nián wǒ èrshíliù, nǐ māma èrshísān.

兒子：爸，那你們 交往 多久 結婚？
érzi: Bà, nà nǐmen jiāowǎng duōjiǔ jiéhūn?

爸爸：我們　交往　一年就結婚了！
bàba: Wǒmen jiāowǎng yìnián jiù jiéhūnle!

兒子：爸，我二十歲 才交第一個女 朋友，這樣　很
érzi: Bà, wǒ èrshí suì cái jiāo dì-yī ge nǚ péngyǒu, zhèyàng hěn

OK吧？！
OK ba?!

爸爸：二十 歲 交第一個女　朋友，沒問題，很好！
bàba: Èrshí suì jiāo dì-yī ge nǚ péngyǒu, méiwèntí, hěnhǎo!

兒子：那我 今年 二十二 歲，我們　交往了　兩年，
érzi: Nà wǒ jīnnián èrshíèr suì, wǒmen jiāowǎngle liǎngnián,

也沒問題 吧？！
yě méiwèntí ba?!

爸爸：交往了　兩　年，很好！
bàba: Jiāowǎngle liǎng nián, hěnhǎo!

兒子：爸，我們　想　結婚了！
érzi: Bà, wǒmen xiǎng jiéhūnle!

爸爸：什麼？？？你才幾 歲？你 才 剛 畢業耶，現在 就
bàba: Shénme??? Nǐ cái jǐ suì? Nǐ cái gāng bìyè ye, xiànzài jiù

想　結婚？
xiǎng jiéhūn?

兒子：爸，你　剛剛　不是都　說 沒問題，都　說　很好 嗎
érzi: Bà, nǐ gānggāng búshì dōu shuō méiwèntí, dōu shuō hěnhǎo ma

爸爸：這這這，啊，你去 問 你 媽媽啦，你 媽　說　沒問題
bàba: Zhèzhèzhè, a, nǐ qù wèn nǐ māma la, nǐ mā shuō méiwèntí,

我 就 沒問題。
wǒ jiù méiwèntí.

## 二、生詞
shēng cí

| | 生詞 | 漢語拼音 | 文意解釋 |
|---|---|---|---|
| 1 | 祕密 | mìmì | secret |
| 2 | 初吻 | chūwěn | first kiss |
| 3 | 認識 | rènshì | meet |
| 4 | 交往 | jiāowǎng | dating someone |
| 5 | 結婚 | jiéhūn | get married |
| 6 | 沒問題 | méiwèntí | no problem |

## 三、練習的解答
liànxí de jiědá

1. B　2. C　3. D　4. B　5. B

# 13 在 幾樓？
zài jǐlóu?

## 一、對話
duì huà

（在　百貨公司）
(zài bǎihuògōngsī)

客人：不好意思，請問 一下，嬰兒 用品 在 幾樓？
kèrén: Bùhǎoyìsi, qǐngwèn yíxià, yīngér yòngpǐn zài jǐlóu?

服務人員：您好，嬰兒 用品 在 五樓。
fúwùrényuán: Nínhǎo, yīngér yòngpǐn zài wǔlóu.

客人：那 玩具店 在 幾樓呢？
kèrén: Nà wánjùdiàn zài jǐlóu ne?

服務人員：一樣也是在 五樓。
fúwù rényuán: Yíyàng yěshì zài wǔlóu.

客人：謝謝！那　孕婦裝　在幾樓呢？
kèrén: Xièxie! Nà yùnfùzhuāng zài jǐlóu ne?

服務人員：　孕婦裝 也是 在五樓。
fúwù rényuán: Yùnfùzhuāng yěshì zài wǔlóu.

客人：好，謝謝您，我太太 懷孕了，我們　要去買
jèrén: Hǎo, xièxienín, wǒtàitai huáiyùnle, wǒmen yàoqùmǎi

孕婦裝，再 去　逛逛　嬰兒用品 和 玩具店。
yùnfùzhuāng, zài qù guàngguàng yīngéryòngpǐn hàn wánjùdiàn.

服務人員：　恭喜您！
fúwù rényuán: Gōngxǐnín!

客人：對了，請問，地下一樓有 賣 麻油雞嗎？
kèrén: Duìle, qǐngwèn, dìxiàyìlóu yǒu mài máyóujī ma?

服務人員：有，有一間 楊太太 麻油雞，在地下 二 樓 的 美食街。
fúwù rényuán: Yǒu, yǒuyìjiān Yángtàitai máyóujī, zài dìxià èr lóu de měishíjiē.

客人：太好了！ 逛完 的時候，我 要 帶太太去吃 麻油雞。
kèrén: Tàihǎole! Guàngwán deshíhòu, wǒ yào dài tàitai qù chī máyóujī.

服務人員：您 眞是 好 先生，恭喜您！
fúwù rényuán: Nín zhēnshì hǎo xiānsheng, gōngxǐnín!

## 二、生詞
shēng cí

| | 生詞 | 漢語拼音 | 文意解釋 |
|---|---|---|---|
| 1 | 嬰兒 | yīngér | infant |
| 2 | 用品 | yòngpǐn | necessities |
| 3 | 玩具 | wánjù | toy |
| 4 | 孕婦裝 | yùnfùzhuāng | maternity clothes |
| 5 | 麻油雞 | máyóujī | sesame oil chicken soup |
| 6 | 美食街 | měishíjiē | food court |

## 三、練習的解答
liànxí de jiědá

1. C　2. D　3. D　4. D　5. C

# 14 學日文
xué Rìwén

## 一、對話
duì huà

小 英：小 美，你在 看書啊？
Xiǎo Yīng: Xiǎo Měi, nǐ zài kànshū a?

小 美：對 啊，我 在 背 日 文 單字，明天 要 考試。
Xiǎo Měi: Duì a, wǒ zài bèi Rìwén dānzì, míngtiān yào kǎoshì.

小 英：我也 學過 日 文 耶，我還 考過 日文 檢定考
Xiǎo Yīng: Wǒyě xuéguò Rìwén ye, wǒhái kǎoguò Rìwén jiǎndìngkǎo

二級 呵！
èrjí ō!

小 美：二級！那最厲害的是幾級呢？
Xiǎo Měi: Èrjí! Nà zuìlìhàide shì jǐ jí ne?

小 英：日文 考試一共 分五級，最基礎 的是 第五級，
Xiǎo Yīng: Rìwén kǎoshìyígòng fēnwǔjí, zuìjīchǔ de shì dì-wǔ jí,

最強 的 當然 是一級囉。
zuìqiáng de dāngrán shì yìjí luo.

小 美：哇，那你二級也 很厲害了耶！那 我想
Xiǎo Měi: Wa, nà nǐ èrjí yě hěn lìhàile ye! Nà wǒxiǎng

請問你，怎麼 學 才 能 學 得 快？
qǐngwènnǐ, zěnme xué cái néng xué de kuài?

小 英： 多聽多說。 學 任何 語言 都一樣，要
Xiǎo Yīng: Duōtīngduōshuō. Xué rènhé yǔyán dōuyíyàng, yào

多聽多說，不用 害怕 說錯，就是 盡量 說。
duōtīngduōshuō, búyòng hàipà shuōcuò, jiùshì jìnliàng shuō.

小 美：可是我 找誰 練習啊？
Xiǎo Měi: Kěshì wǒ zhǎoshéi liànxí a?

小 英：那就 說 給 自己聽啊！
Xiǎo Yīng: Nà jiù shuō gěi zìjǐ tīng a!

小 美：說 給 自己聽？
Xiǎo Měi: Shuō gěi zìjǐ tīng?

小 英：沒錯！盡量 讓 自己習慣 用 日文思考，然後
Xiǎo Yīng: Méicuò! Jìnliàng ràng zìjǐ xíguàn yòng Rìwén sīkǎo, ránhòu

用 日文自問自答，或是 訂個 主題，自己說
yòng Rìwén zìwènzìdá, huòshì dìngge zhǔtí, zìjǐ shuō

給自己 聽。
gěi zìjǐ tīng.

小 美：那不會 很 怪 嗎？
Xiǎo Měi: Nà búhuì hěn guài ma?

小 英：不會，這樣 才 能 強迫自己回想 學習過 的
Xiǎo Yīng: Búhuì, zhèyàng cái néng qiángpò zìjǐ huíxiǎng xuéxíguò de

單字和 文法啊。
dānzì hàn wénfǎ a.

小 美：這個 方法 好像 不錯，我來試試，謝謝你。
Xiǎo Měi: Zhège fāngfǎ hǎoxiàng búcuò, wǒ lái shìshi, xièxienǐ.

## 二、生詞 shēng cí

| | 生詞 | 漢語拼音 | 文意解釋 |
|---|---|---|---|
| 1 | 單字 | dānzì | vocabulary |
| 2 | 檢定考 | jiǎndìngkǎo | proficiency test |
| 3 | 厲害 | lìhài | awesome |
| 4 | 基礎 | jīchǔ | basic |
| 5 | 盡量 | jìnliàng | as far as possible |
| 6 | 練習 | liànxí | practice |
| 7 | 文法 | wénfǎ | grammar |

## 三、練習的解答 liànxí de jiědá

1. D　2. D　3. A　4. C　5. C

# ⑮ 逛 超市
guàng chāoshì



## 一、對話
duì huà

兒子：媽媽，我 生日 想 請 同學 吃巧克力。
érzi: Māma, wǒ shēngrì xiǎng qǐng tóngxué chī qiǎokèlì.

媽媽：巧克力，好啊，我們 過去 看看。
māma: Qiǎokèlì, hǎo a, wǒmen guòqù kànkàn.

兒子：媽，你看，這種 一整片 的，一片一百二十
érzi: Mā, nǐkàn, zhèzhǒng yìzhěngpiàn de, yípiàn yìbǎièrshí

元，我們 大概 買 五片 就 夠了。
yuán, wǒmen dàgài mǎi wǔpiàn jiù gòule.

媽媽：這種 大片 的 是可以，但你 還要 分成 一小塊
māma: Zhèzhǒng dàpiàn de shì kěyǐ, dàn nǐ háiyào fēnchéng yìxiǎokuài

一小塊 給 同學，會 有點 麻煩。
yìxiǎokuài gěi tóngxué, huì yǒudiǎn máfán.

兒子：那 這種 一顆一顆 的呢？一大包 兩百，我們 可以
érzi: Nà zhèzhǒng yìkēyìkē de ne? Yídàbāo liǎngbǎi, wǒmen kěyǐ

買 兩 包。
mǎi liǎng bāo.

媽媽：這種 的 你 也是 要 分啊，如果 沒 分好，有的人
māma: Zhèzhǒng de nǐ yěshì yào fēn a, rúguǒ méi fēnhǎo, yǒuderén

拿到十顆，有的人 才 拿五顆，就不好意思 了。
nádào shíkē, yǒuderén cái ná wǔkē, jiù bùhǎoyìsi le.

兒子：那 這種 的呢？小條 的 巧克力 餅乾，一條
érzi: Nà zhèzhǒng de ne? Xiǎotiáo de qiǎokèlì bǐnggān, yìtiáo

二十 元。一人一條，都 不用 分。
èrshí yuán. Yìrényìtiáo, dōu búyòng fēn.

媽媽：不錯呵。那你們 班 有 多少 人呢？
māma: Búcuò ō. Nà nǐmen bān yǒu duōshǎo rén ne?

兒子：二十八 個人。
érzi: Èrshíbā gerén.

媽媽：還要 加上 老師。
māma: Háiyào jiāshàng lǎoshī.

兒子：那 一共 是 三十個人。因爲 我 想 送 給 導師
érzi: Nà yígòng shì sānshígerén. Yīnwèi wǒ xiǎng sòng gěi dǎoshī

和 音樂 老師。
hàn yīnyuè lǎoshī.

媽媽：好，那我們 來 看看 架上的 巧克力 夠不夠？
māma: Hǎo, nà wǒmen lái kànkàn jiàshàngde qiǎokèlì gòubúgòu?

不夠 再 問 店員。
Búgòu zài wèn diànyuán.

兒子：我 來 算算，一、二、三、四、五……媽，這邊
érzi: Wǒ lái suànsuan, yī, èr, sān, sì, wǔ…… mā, zhèbiān

只有 二十二條。
zhǐyǒu èr shíèr tiáo.

媽媽：那八條 要不要 換 其他口味 的。
māma: Nà bātiáo yàobúyào huàn qítā kǒuwèi de.

兒子：好啊！剛剛 那個是 原味，這邊 還有 花生 和
érzi: Hǎo a! Gānggāng nàge shì yuánwèi, zhèbiān háiyǒu huāshēng ha

草莓　口味。我們　乾脆 各 買　十條，這樣　同學
cǎoméi kǒuwèi.　Wǒmen gāncuì gè mǎi shítiáo,　zhèyàng tóngxué

就 能　選 自己 喜歡 的 口味 了。
jiù néng xuǎn zìjǐ　xǐhuān de kǒuwèi le.

媽媽：聰明　的 兒子，這樣　很好。
māma: Cōngmíng de　érzi,　zhèyàng hěnhǎo.

兒子：媽，我　剛剛　算過了，三種　口味 都 夠，那
érzi:　Mā,　wǒ gānggāng suànguòle, sānzhǒng kǒuwèi dōu gòu,　nà

我 就 各 拿 十條 呵。
wǒ jiù gè ná shítiáo ō.

媽媽：沒問題。我們 去　結帳　吧！
māma:　Méiwèntí.　Wǒmen qù jiézhàng ba!

## 二、生詞 shēng cí

| | 生詞 | 漢語拼音 | 文意解釋 |
|---|---|---|---|
| 1 | 巧克力 | qiǎokèlì | chocolate |
| 2 | 導師 | dǎoshī | tutor |
| 3 | 音樂老師 | yīnyuè lǎoshī | music teacher |
| 4 | 原味 | yuánwèi | classic flavor |
| 5 | 花生 | huāshēng | peanut |
| 6 | 草莓 | cǎoméi | strawberry |

## 三、練習的解答 liànxí de jiědá

1. B　2. C　3. D　4. D　5. A

# 16 手機
shǒujī

## 一、對話
duì huà

女兒：爸爸，我的手機 好像 有點 問題！你看，動不了
nǚér: Bàba, wǒde shǒujī hǎoxiàng yǒudiǎn wèntí! Nǐ kàn, dòngbùliǎ

爸爸：重新 開機，你先 關機試試看。
bàba: Chóngxīn kāijī, nǐ xiān guānjī shìshìkàn.

女兒：爸，我 剛剛 開機、關機 很多次了。我看 是壞
nǚér: Bà, wǒ gānggāng kāijī, guānjī hěnduō cìle. Wǒ kàn shì huài

爸爸：我 看看，好像 眞的 是壞了。
bàba: Wǒ kànkàn, hǎoxiàng zhēnde shì huàile.

女兒：爸，我 想 買 新手機。你 送 給我 好不好？
nǚér: Bà, wǒ xiǎng mǎi xīn shǒujī. Nǐ sòng gěi wǒ hǎobùhǎo?

爸爸：你 這 手機 才 買 一 年，拿 去修一修就好了，
bàba: Nǐ zhè shǒujī cái mǎi yì nián, ná qù xiūyìxiū jiùhǎole,

不要 買 新的，浪費 錢！
búyào mǎi xīnde, làngfèi qián!

女兒：爸，你記錯了，是買 一年 半了！爸，你看，現在
nǚér: Bà, nǐ jìcuòle, shì mǎi yìnián bànle! Bà, nǐkàn, xiànzà

新的手機的 功能 好多 呵！顏色又 漂亮！爸
xīn de shǒujī de gōngnéng hǎoduō ō! Yánsè yòu piàoliang! Bà,

我 生日 快 到了，你送 我 新 手機，好不好？
wǒ shēngrì kuài dàole, nǐsòng wǒ xīn shǒujī, hǎobùhǎo?

爸爸：生日？現在 才 十月 耶！
bàba: Shēngrì? Xiànzài cái shíyuè ye!

女兒：對啊，下個 月 二十五 日就是我 生日 了啊。
nǚér: Duìa, xiàge yuè èrshíwǔ rì jiùshì wǒ shēngrì le a.

爸爸：好 啦，那不能 買 太 貴 的！
bàba: Hǎo la, nà bùnéng mǎi tài guì de!

女兒：爸，你 就 只 出 兩 萬，如果 多 的，我自己 出錢。
nǚér: Bà, nǐ jiù zhǐ chū liǎng wàn, rúguǒ duō de, wǒ zìjǐ chūqián.

爸爸：你 這孩子！你 哪來的 錢啊？
bàba: Nǐ zhè háizi! Nǐ nălái de qián a?

女兒：我 打工 的 錢 啊，存了 兩 年 了。
nǚér: Wǒ dăgōng de qián a, cúnle liăng nián le.

爸爸：你 今年 大三， 明年 就要 畢業了，要 好好 讀書，
bàba: Nǐ jīnnián dà sān, míngnián jiù yào bìyèle, yào hǎohǎo dúshū,

知不 知道？
zhī bù zhīdào?

女兒：收 到，一定 好好 讀書。爸，那我們 今天就
nǚér: Shōu dào, yídìng hǎohǎo dúshū. Bà, nà wǒmen jīntiān jiù

去看 手機 呵！
qù kàn shǒujī ō!

## 二、生詞
shēng cí

| | 生詞 | 漢語拼音 | 文意解釋 |
|---|---|---|---|
| 1 | 開機 | kāijī | turn on the phone |
| 2 | 關機 | guānjī | switch off the phone |
| 3 | 浪費錢 | làngfèi qián | waste money |
| 4 | 功能 | gōngnéng | function |
| 5 | 打工 | dǎgōng | part-time job |
| 6 | 畢業 | bìyè | graduate |
| 7 | 讀書 | dúshū | study |

## 三、練習的解答
liànxí de jiědá

1. D　2. D　3. B　4. C　5. A

# 17 上班　遲到
shàngbān chídào



## 一、對話
duì huà

小　芬：志　明，你今天 怎麼 又 遲到了！你不怕被
Xiǎo Fēn: Zhì Míng, nǐ jīntiān zěnme yòu chídàole! Nǐ búpà bèi

老闆 罵 嗎？
lǎobǎn mà ma?

志　明：我 今天已經比之前 還早起了，沒　想到
Zhì Míng: Wǒ jīntiān yǐjīng bǐ zhīqián hái zǎoqǐle, méi xiǎngdào

還是 遲到了！
háishì chídàole!

小　芬：你家 住哪裡啊？
Xiǎo Fēn: Nǐ jiā zhù nǎlǐ a?

志　明：我 家 住 林口，都 快 靠近 桃園 了！
Zhì Míng: Wǒ jiā zhù Línkǒu, dōu kuài kàojìn Táoyuán le!

小　芬：那你都 怎麼來 上班 的呢？
Xiǎo Fēn: Nà nǐ dōu zěnme lái shàngbān de ne?

志　明：我 都 坐 公車 啊，怎麼了？
Zhì Míng: Wǒ dōu zuò gōngchē a, zěnmele?

小　芬：難怪 你會 遲到！公車 繞來 繞去，你
Xiǎo Fēn: Nánguài nǐ huì chídào! Gōngchē rào lái rào qù, nǐ

爲什麼 不 坐 捷運 呢？
wèishénme bú zuò jiéyùn ne?

志 明：捷運？一 趟 七十 元 耶！太 貴 了啦！
Zhì Míng: Jiéyùn? Yí tàng qīshí yuán ye! Tài guì le la!

小 芬：說的 也是。那你 爲什麼 不自己 開車 呢？
Xiǎo Fēn: Shuōde yěshì. Nà nǐ wèishénme bú zìjǐ kāichē ne?

志 明：開車，我也 想過 啊，但 公司附近很 難找 停車位。
Zhì Míng: Kāichē, wǒ yě xiǎngguò a, dàn gōngsī fùjìn hěn nánzhǎo tíngchēwèi.

小 芬：嗯，你可以租個 車位 啊！
Xiǎo Fēn: En, nǐ kěyǐ zū ge chēwèi a!

志 明：租 車位？一個 月 要 五千 元 耶！我的 薪水 才四 萬元，怎麼 租 車位？
Zhì Míng: Zū chēwèi? Yíge yuè yào wǔqiān yuán ye! Wǒde xīnshuǐ cái sì wànyuán, zěnme zū chēwèi?

小 芬：看來 還是 坐 公車 最 省錢 又 方便。
Xiǎo Fēn: Kànlái háishì zuò gōngchē zuì shěngqián yòu fāngbiàn.

志 明：是啊！而且我 在 車上 還能 小睡 一下，只是繞 來 繞 去，眞的 很 累人！
Zhì Míng: Shì a! Érqiě wǒ zài chēshàng háinéng xiǎoshuì yíxià, zhǐshì rào lái rào qù, zhēnde hěn lèirén!

小 芬：老闆 來了，你快進去。
Xiǎo Fēn: Lǎobǎn láile, nǐkuài jìnqù.

志 明：好，你就說 我 剛剛 去洗手間，不要 說 我 又 遲到了。謝謝你呵！
Zhì Míng: Hǎo, nǐjiù shuō wǒ gānggāng qù xǐshǒujiān, búyào shuō wǒ yòu chídàole. Xièxie nǐ ō!

小　芬：沒 問題，你 快 進去。
Xiǎo Fēn:　Méi wèntí,　nǐ kuài jìnqù.

## 二、生詞 shēng cí

| | 生詞 | 漢語拼音 | 文意解釋 |
|---|---|---|---|
| 1 | 遲到 | chídào | be late |
| 2 | 老闆 | lǎobǎn | boss |
| 3 | 公車 | gōngchē | bus |
| 4 | 繞來繞去 | rào lái rào qù | take a longer way |
| 5 | 捷運 | jiéyùn | Mass Rapid Transit |
| 6 | 開車 | kāichē | drive to work |
| 7 | 停車位 | tíngchē wèi | parking space |
| 8 | 薪水 | xīnshuǐ | salary |
| 9 | 省錢 | shěngqián | save money |

## 三、練習的解答 liànxí de jiědá

1. A　2. B　3. A　4. C　5. D

# 18 看 牙醫
kàn yáyī

## 一、對話
duì huà

醫生：你好，哪裡不舒服？
yīshēng: Nǐ hǎo, nǎlǐ bù shūfú?

病人：醫生，我這邊後面的牙齒痛死我了！
bìngrén: Yīshēng, wǒ zhè biān hòumiàn de yáchǐ tòng sǐ wǒle!

醫生：來，你嘴巴張大一點，我來看看。
yīshēng: Lái, nǐ zuǐbā zhāngdà yìdiǎn, wǒ lái kànkàn.

病人：哇，好痛！
bìngrén: Wa, hǎo tòng!

醫生：別緊張，如果你不舒服，或太痛，你就舉右手，我就會停下來，讓你休息。
yīshēng: Bié jǐnzhāng, rúguǒ nǐ bù shūfú, huò tài tòng, nǐ jiù jǔ yòushǒu, wǒ jiù huì tíng xiàlái, ràng nǐ xiūxí.

病人：好。
bìngrén: Hǎo.

醫生：你蛀牙了，洞很大，再不補這顆牙就會裂了。你先起來漱個口。
hīshēng: Nǐ zhùyále, dòng hěn dà, zàibù bǔ zhè kēyá jiù huì lièle. Nǐ xiān qǐlái shù gekǒu.

病人：謝謝醫生。
bìngrén: Xièxie yīshēng.

醫生：你這 顆 牙 應該 痛 很久了吧？
yīshēng: Nǐ zhè kē yá yīnggāi tòng hěnjiǔle ba?

病人：大約 痛 兩 個 月 了！
bìngrén: Dàyuē tòng liǎng ge yuèle!

醫生：那 怎麼 現在 才來呢？
yīshēng: Nà zěnme xiànzài cái lái ne?

病人：因爲 我怕 痛 啊！
bìngrén: Yīnwèi wǒ pà tòng a!

醫生：怕 痛 就 應該 快 來啊！
yīshēng: Pà tòng jiù yīnggāi kuài lái a!

病人：啊，我其實 很怕 看 牙醫！所以 痛 的 時候，我就
bìngrén: A, wǒ qíshí hěn pà kàn yáyī! Suǒyǐ tòng de shíhòu, wǒ jiù

吃 止痛 藥。但是 這 兩 天 眞 的是 痛 到 受
chī zhǐtòng yào. Dànshì zhè liǎng tiān zhēn de shì tòng dào shòu

不了了，痛 到 我 晚上 都無法 睡覺，所以……
bùliǎole, tòng dào wǒ wǎnshàng dōu wúfǎ shuìjiào, suǒyǐ……

醫生：所以 才來 找 我？是不是？你 放心，等 一下我
yīshēng: Suǒyǐ cái lái zhǎo wǒ? Shì búshì? Nǐ fàngxīn, děng yīxià wǒ

幫 你處理的 時候，會 幫 你打點 麻醉 藥，這樣
bāng nǐ chǔlǐ de shíhòu, huì bāng nǐ dǎdiǎn mázuì yào, zhèyàng

你就不 會 痛 了。
nǐ jiù bú huì tòngle.

病人：感謝 醫師。
bìngrén: Gǎnxiè yīshī.

醫生：但是 麻藥 要 一、兩 個 小時 才 會退 呵，你一個
yīshēng: Dànshì máyào yào yì, liǎng ge xiǎoshí cái huì tuì ō, nǐ yíge

小時 後 才 能 吃 東西，沒問題 吧？
xiǎoshí hòu cái néng chī dōngxi, méi wèntí ba?

病人：只要 牙齒不 痛，要 我 怎麼樣 都 可以。
bìngrén: Zhǐyào yáchǐ bú tòng, yào wǒ zěnmeyàng dōu kěyǐ.

沒 問題的！
Méi wèntí de!

醫生：好，那 張 開 嘴巴，我們 開始治療 吧！
yīshēng: Hǎo, nà zhāng kāi zuǐbā, wǒmen kāishǐ zhìliáo ba!

## 二、生詞
shēng cí

| | 生詞 | 漢語拼音 | 文意解釋 |
|---|---|---|---|
| 1 | 嘴巴 | zuǐbā | mouth |
| 2 | 緊張 | jǐnzhāng | nervous |
| 3 | 蛀牙 | zhùyá | tooth decay |
| 4 | 漱口 | shùkǒu | gargle |
| 5 | 止痛藥 | zhǐtòng yào | painkiller |
| 6 | 麻醉藥 / 麻藥 | mázuì yào / má yào | narcotics |
| 7 | 治療 | zhìliáo | treat |

## 三、練習的解答
liànxí de jiědá

1. C　2. A　3. D　4. C　5. C

# ⑲ 搭Uber
dā Uber

## 一、對話
duì huà

小　芬：小　美，我們　等　等　要　怎麼　去101啊？
Xiǎo Fēn: Xiǎo Měi, wǒmen děng děng yào zěnme qù 101 a?

坐　公車　嗎？
Zuò gōngchē ma?

小　美：下　雨了，坐　公車　太麻煩了，我們　直接坐
Xiǎo Měi: Xià yǔle, zuò gōngchē tài máfánle, wǒmen zhíjiē zuò

計程車　去吧！
jìchéngchē qù ba!

小　芬：坐　計程車？從　這裡坐　過去　不知道　要
Xiǎo Fēn: Zuò jìchéngchē? Cóng zhèlǐ zuò guòqù bùzhīdào yào

多少　錢？
duōshǎo qián?

小　美：啊，我們　也可以搭Uber, 這樣　就　能　知道　要
Xiǎo Měi: A, wǒmen yě kěyǐ dā Uber, zhèyàng jiù néng zhīdào yào

多少　錢了。
duōshǎo qiánle.

小　芬：也對，如果搭Uber，我們　就不必　站　在　路邊
Xiǎo Fēn: Yě duì, rúguǒ dā Uber, wǒmen jiù búbì zhàn zài lùbiān

攔車了，等　車　快到　的時候　再下去　就行了。
lánchē le, děng chē kuàidào de shíhòu zài xiàqù jiùxíngle.

小 美：沒錯，那 等等 我們 就搭Uber。你 有
Xiǎo Měi: Méicuò, nà děngděng wǒmen jiù dā Uber. Nǐ yǒu

帳號 嗎？
zhànghào ma?

小 芬：我 有，我 來 叫 車。現在 就叫 車 嗎？
Xiǎo Fēn: Wǒ yǒu, wǒ lái jiào chē. Xiànzài jiù jiào chē ma?

小 美：嗯，現在 叫 車 沒問題。
Xiǎo Měi: En, xiànzài jiào chē méiwèntí.

小 芬：哇，有 車 了，130元。啊，再五 分鐘 就 到
Xiǎo Fēn: Wa, yǒu chēle, 130 yuán. A, zài wǔ fēnzhōng jiù dào

樓下了。
lóuxiàle.

小 美：五 分鐘？也太快了吧！
Xiǎo Měi: Wǔ fēnzhōng? Yě tài kuàile ba!

小 芬：快快，幫 我 拿一下外套。
Xiǎo Fēn: Kuài kuài, bāng wǒ ná yíxià wàitào.

小 美：你自己拿啦，我 還沒 換 衣服耶！
Xiǎo Měi: Nǐ zìjǐ ná la, wǒ háiméi huàn yīfu ye!

小 芬：快快，你 快去 換，我 先 去 穿鞋，我 先
Xiǎo Fēn: Kuài kuài, nǐ kuài qù huàn, wǒ xiān qù chuānxié, wǒ xiān

下去。
xiàqù.

小 美：等 等，我 還沒 跟 你 說 車號，你下去也不
Xiǎo Měi: Děng děng, wǒ háiméi gēn nǐ shuō chēhào, nǐ xiàqù yě bù

知道 是哪一臺。
zhīdào shì nǎyītái.

小　芬：對，好險。車號　是？
Xiǎo Fēn:　Duì,　hǎo xiǎn. Chēhào shì?

小　美：TD-0526。
Xiǎo Měi:　TD-0526.

小　芬：乾脆 手機 先 給我，這樣 比較 放心。
Xiǎo Fēn:　Gāncuì shǒujī xiān gěiwǒ,　zhèyàng bǐjiào fàngxīn.

小　美：好，你先 下去，我立刻來。
Xiǎo Měi:　Hǎo,　nǐ xiān xiàqù,　wǒ lìkè lái.

## 二、生詞 shēng cí

| | 生詞 | 漢語拼音 | 文意解釋 |
|---|---|---|---|
| 1 | 公車 | gōngchē | bus |
| 2 | 計程車 | jìchéngchē | taxi |
| 3 | 路邊 | lùbiān | roadside |
| 4 | 攔車 | lánchē | hail the taxi |
| 5 | 帳號 | zhànghào | account number |
| 6 | 外套 | wàitào | coat |
| 7 | 車號 | chēhào | license plate number |
| 8 | 立刻 | lìkè | immediately |

## 三、練習的解答 liànxí de jiědá

1. D　2. C　3. C　4. D　5. D

# 20 開會(幾點 開始？)

kāihuì ( jǐ diǎn kāishǐ? )

## 一、對話
duì huà

老闆：等 等 開會的資料你都 準備 好了嗎？
lǎobǎn: Děng děng kāihuì de zīliào nǐ dōu zhǔnbèi hǎole ma?

祕書：都 好了，我現在 正要 拿去放 桌上。
mìshū: Dōu hǎole, wǒ xiànzài zhèngyào náqù fàng zhuōshàng.

老闆：你 動作 要 快 一點。昨天 不是 說會議要 提早 嗎？
lǎobǎn: Nǐ dòngzuò yào kuài yìdiǎn. Zuótiān búshì shuō huìyì yào tízǎo ma?

祕書：是的，會議 原本 是 訂在 早上 十點，但 對方 說 他們 中午 公司 還有一個會議，所以想 提早半 小時。
mìshū: Shì de, huìyì yuánběn shì dìngzài zǎoshàng shídiǎn, dàn duìfāng shuō tāmen zhōngwǔ gōngsī háiyǒu yíge huìyì, suǒyǐ xiǎng tízǎo bàn xiǎoshí.

老闆：現在 都 九點 二十了，你怎麼 還 在 這？
lǎobǎn: Xiànzài dōu jiǔ diǎn èrshíle, nǐ zěnme hái zài zhè?

祕書：因爲 早上 對方 又 打了通 電話 來，說 他們 中午 的會議取消了，所以會議 仍 維持
mìshū: Yīnwèi zǎoshàng duìfāng yòu dǎle tōng diànhuà lái, shuō tāmen zhōngwǔ de huìyì qǔxiāole, suǒyǐ huìyì réng wéichí

原來 的時間。
yuánlái de shíjiān.

老闆：所以一樣 是 十 點 嗎？
lǎobǎn: Suǒyǐ yíyàng shì shí diǎn ma?

祕書：是的。
mìshū: Shì de.

老闆：這樣 可就 麻煩了。
lǎobǎn: Zhèyàng kějiù máfánle.

祕書：老闆，您 中午 和下午都 沒 行程 啊，
mìshū: Lǎobǎn, nín zhōngwǔ hàn xiàwǔ dōu méi xíngchéng a,

怎麼 會 麻煩 呢？
zěnme huì máfán ne?

老闆：就是因爲 沒 行程，所以我下午 原本 想
lǎobǎn: Jiùshì yīnwèi méi xíngchéng, suǒyǐ wǒ xiàwǔ yuánběn xiǎng

請假，想 和 老婆出去吃個飯。
qǐngjià, xiǎng hàn lǎopó chūqù chīge fàn.

祕書：我們 十點 開會，十二 點 前 一定能 結束，
mìshū: Wǒmen shídiǎn kāihuì, shíèr diǎn qián yídìng néng jiéshù,

您 一樣可以帶 老婆去吃飯啊。
nín yíyàng kěyǐ dài lǎopó qù chīfàn a.

老闆：我們 會議十二 點 左右 結束，一定 要 招呼
lǎobǎn: Wǒmen huìyì shíèr diǎn zuǒyòu jiéshù, yídìng yào zhāohū

對方 去 吃飯，是不是？
duìfāng qù chīfàn, shì búshì?

祕書：也對。您 上回 還說 要 請 他們去吃鐵板 燒。
mìshū: Yě duì. Nín shànghuí háishuō yào qǐng tāmen qù chī tiě bǎn shāo.

老闆：你 快 去 訂 餐廳，就吃 鐵板 燒。我來
lǎobǎn: Nǐ kuài qù dìng cāntīng, jiù chī tiě bǎn shāo. Wǒ lái

打電話 跟老婆 說 一聲。
dǎdiànhuà gēn lǎopó shuō yìshēng.

祕書：好的，那我就 訂 十二點 半，四個人，如何？
mìshū: Hǎode, nà wǒ jiù dìng shíèr diǎn bàn, sìgerén, rúhé?

老闆：好，十二 點 半可以。他們 兩個人，我們 這邊
lǎobǎn: Hǎo, shíèr diǎn bàn kěyǐ. Tāmen liǎnggerén, wǒmen zhèbiān

也 兩個 人，四個 人 沒錯！快 去 訂 吧！
yě liǎngge rén, sì ge rén méicuò! Kuài qù dìng ba!

## 二、生詞
shēng cí

| | 生詞 | 漢語拼音 | 文意解釋 |
|---|---|---|---|
| 1 | 老闆 | lǎobǎn | boss |
| 2 | 資料 | zīliào | data; material |
| 3 | 準備 | zhǔnbèi | prepare |
| 4 | 會議 | huìyì | meeting |
| 5 | 提早 | tízǎo | early |
| 6 | 老婆 | lǎopó | wife |
| 7 | 鐵板燒 | tiě bǎn shāo | teppanyaki |

## 三、練習的解答
liànxí de jiědá

1. D　2. C　3. D　4. D　5. C

# 21 認識 新 朋友
rènshi xīn péngyǒu

## 一、對話
duì huà

A：嗨！你 好，請問 這個位子有人 坐 嗎？
A: Hāi! Nǐ hǎo, qǐngwèn zhège wèizi yǒurén zuò ma?

B：沒有！請坐！你也是來臺灣 學 中文 的嗎？
B: Méiyǒu! Qǐng zuò! Nǐ yěshì lái Táiwān xué Zhōngwén de ma?

A：對啊！我已經來臺灣 半年 了。再過 兩個 月 就
A: Duì a! Wǒ yǐjīng lái Táiwān bànnián le. Zàiguò liǎngge yuè jiù

要回國了。你呢？
yào huíguóle. Nǐne?

B：我來一年了，想 先 學 中文，然後 再 申請 大學。
B: Wǒ lái yìniánle, xiǎng xiān xué Zhōngwén, ránhòu zài shēnqǐng dàxué.

中文 要好，上課 才 聽 得 懂，所以我 很 緊張。
Zhōngwén yàohǎo, shàngkè cái tīng de dǒng, suǒyǐ wǒ hěn jǐnzhāng.

A：哇！很 好啊。你的 中文 說 得很 好，你一定
A: Wa! Hěn hǎo a. Nǐde Zhōngwén shuō de hěn hǎo, nǐ yídìng

沒 問題 的！你 是 從 哪裡來的呢？
méi wèntí de! Nǐ shì cóng nǎlǐ lái de ne?

B：我是 從 馬德里來的，我是 西班牙人。你呢？
B: Wǒ shì cóng Mǎdélǐ lái de, wǒ shì Xībānyá rén. Nǐ ne?

A：我 是 法國 人，從 巴黎來的。我 去過 馬德里。
A: Wǒ shì Fǎguó rén, cóng Bālí lái de. Wǒ qùguò Mǎdéií.

馬德里很 漂亮，我 很 喜歡！
Mădélǐ hěn piàoliàng, Wǒ hěn xǐhuān!

B：你下午有 空 嗎？下課 後，我們一起去喝 杯咖啡，
B: Nǐ xiàwǔ yǒu kòng ma? Xiàkè hòu, wǒmen yìqǐ qù hē bēi kāfēi,

如何？
rúhé?

A：好啊！前面 有一家新 開的咖啡廳，看起來還不錯！
A: Hǎo a! Qiánmiàn yǒu yìjiā xīn kāi de kāfēitīng, kàn qǐlái hái búcuò!

我們 可以去 看看！
Wǒmen kěyǐ qù kànkan!

B：OK，那就約 三點，在這裡，我 叫 我 室友一起去 呵
B: OK, nà jiù yuē sāndiǎn, zài zhèlǐ, wǒ jiào wǒ shìyǒu yìqǐqù ō!

A：當然 好！人 越 多越 熱鬧！
A: Dāngrán hǎo! Rén yuè duō yuè rènào!

## 二、生詞
shēng cí

| | 生詞 | 漢語拼音 | 文意解釋 |
|---|---|---|---|
| 1 | 位子 | wèizi | seat |
| 2 | 請坐 | qǐng zuò | please take a seat |
| 3 | 學中文 | xué Zhōngwén | learn chinese |
| 4 | 回國 | huíguó | return to home country |
| 5 | 讀大學 | dú dàxué | study at a university |
| 6 | 緊張 | jǐnzhāng | nervous |
| 7 | 西班牙人 | Xībānyá rén | spanish |
| 8 | 法國人 | Fǎguó rén | french |

| | 生詞 | 漢語拼音 | 文意解釋 |
|---|---|---|---|
| 9 | 很漂亮 | hěn piàoliàng | very beautiful |
| 10 | 喝下午茶 | hē xiàwǔ chá | afternoon tea |
| 11 | 咖啡廳 | kāfēitīng | coffee shop |
| 12 | 室友 | shìyǒu | roommate |
| 13 | 熱鬧 | rènào | bustling with noise and excitement |

## 三、練習的解答
liànxí de jiědá

1. B　2. D　3. A　4. C　5. B

# 22 數學 考試
shùxué kǎoshì

## 一、對話
duì huà

媽媽：兒子，上 星期二你不是考 數學 嗎？考 得 怎麼樣？
māma: Érzi, shàng xīngqíèr nǐ búshì kǎo shùxué ma? Kǎo de zěnmeyàng?

兒子：我 覺得考 得 還不錯。
érzi: Wǒ juéde kǎo de hái búcuò.

媽媽：眞的啊？太 好 了！這次 考 幾分呢？
māma: Zhēnde a? Tài hǎo le! Zhècì kǎo jǐ fēn ne?

兒子：比 上次 好。但你 應該 還是 會 不 高興。
érzi: Bǐ shàngcì hǎo. Dàn nǐ yīnggāi háishì huì bù gāoxìng.

媽媽：有 進步就好。看 你進步，我怎麼 會不 高興 呢？
māma: Yǒu jìnbù jiù hǎo. Kàn nǐ jìnbù, wǒ zěnme huì bù gāoxìng ne?

兒子：媽，你記得我 上次 考 幾分嗎？
érzi: Mā, nǐ jìdé wǒ shàngcì kǎo jǐ fēn ma?

媽媽：上次 你 說 題目沒 寫 完，所以考了48分，對不對？
māma: Shàngcì nǐ shuō tímù méi xiě wán, suǒyǐ kǎole 48 fēn, duì búduì?

兒子：沒錯！我 這次考 55，差 5 分就及格了。
érzi: Méicuò! Wǒ zhècì kǎo 55, chā 5 fēn jiù jígéle.

媽媽：你 剛剛 不是 說 考 得還 不錯嗎？
māma: Nǐ gānggāng búshì shuō kǎo de hái búcuò ma?

兒子：是啊，我本來寫對了，後來看小美的，
érzi: Shì a, wǒ běnlái xiě duìle, hòulái kàn Xiǎo Měi de,

一改就錯了！媽，都是小美害我的！
yì gǎi jiù cuòle! Mā, dōushì Xiǎo Měi hài wǒ de!

媽媽：兒子啊，考試怎麼可以看別人的呢？你下次
māma: Érzi a, kǎoshì zěnme kěyǐ kàn biérén de ne? Nǐ xiàcì

一定要自己寫，知不知道？
yídìng yào zìjǐ xiě, zhībù zhīdào?

## 二、生詞
shēng cí

| | 生詞 | 漢語拼音 | 文意解釋 |
|---|---|---|---|
| 1 | 覺得 | juéde | feel |
| 2 | 考卷 | kǎojuàn | examination paper |
| 3 | 訂正 | dìng zhèng | to revise |
| 4 | 不高興 | bù gāoxìng | not happy |
| 5 | 進步 | jìnbù | progress |
| 6 | 題目 | tímù | topic |
| 7 | 及格 | jígé | pass |
| 8 | 答案 | dáàn | answer |
| 9 | 改 | gǎi | to correct |
| 10 | 害 | hài | to cause trouble to |

## 三、練習的解答
liànxí de jiědá

1. C　2. B　3. B　4. C　5. D

# 23 晚餐
wǎncān

## 一、對話
duì huà

李太太：老公，你今天幾點 下班？
Lǐ tàitai: Lǎogōng, nǐ jīntiān jǐ diǎn xiàbān?

李 先生：六點 左右 就 能 下班了。怎麼了？
Lǐ xiānshēng: Liù diǎn zuǒyòu jiù néng xiàbānle. Zěnmele?

李太太：我今天 得加班。所以我 沒時間 去 超市。你能 去買 一下東西 嗎？
Lǐ tàitai: Wǒ jīntiān děi jiābān. Suǒyǐ wǒ méi shíjiān qù chāoshì. Nǐ néng qù mǎi yíxià dōngxi ma?

李 先生：好啊，要買 什麼 呢？
Lǐ xiānshēng: Hǎo a, yào mǎi shénme ne?

李太太：我們 家 的牛奶、麵包、雞蛋和 蘋果 都 沒有了
Lǐ tàitai: Wǒmen jiā de niúnǎi, miànbāo, jīdàn hàn píngguǒ dōu méiyǒule

李 先生：沒問題，老婆 交代，一定 辦 到。
Lǐ xiānshēng: Méi wèntí, lǎopó jiāodài, yídìng bàn dào.

李太太：太 棒了！謝謝啦！
Lǐ tàitai: Tài bàngle! Xièxie la!

李 先生：你 想 吃 什麼 呢？咖哩飯還是義大利麵？我買 東西 回家就先 準備 晚餐，這樣 你
Lǐ xiānshēng: Nǐ xiǎng chī shénme ne? Kālǐ fàn háishì yìdàlìmiàn? Wǒ mǎi dōngxi huíjiā jiù xiān zhǔnbèi wǎncān, zhèyàng nǐ

回來的 時候 就 能 吃飯了。
huílái de shíhòu jiù néng chīfànle.

李太太：謝謝 親愛的 老公！那義大利麵，可以嗎？
Lǐ tàitai: Xièxie qīnài de lǎogōng! Nà yìdàlìmiàn, kěyǐ ma?

李 先生：當然 可以，沒 問題！
Lǐ xiānshēng: Dāngrán kěyǐ, méi wèntí!

李太太：那我 去 上班了， 晚上見！
Lǐ tàitai: Nà wǒ qù shàngbānle, wǎnshàng jiàn!

## 二、生詞
shēng cí

| | 生詞 | 漢語拼音 | 文意解釋 |
|---|---|---|---|
| 1 | 幾點 | jǐ diǎn | what time |
| 2 | 下班 | xiàbān | get off work |
| 3 | 加班 | jiābān | work overtime |
| 4 | 超市 | chāoshì | supermarket |
| 5 | 買 | mǎi | purchase |
| 6 | 準備 | zhǔnbèi | prepare |
| 7 | 晚餐 | wǎncān | dinner |

## 三、練習的解答
liànxí de jiědá

1. C　2. A　3. C　4. B　5. A

# 24 去 百貨 公司

qù bǎihuò gōngsī

## 一、對話

duì huà

小凱：小華，這個星期六 晚上 一起去看 電影，你有 空 嗎？

Xiǎo Kǎi: Xiǎo Huá, zhège xīngqíliù wǎnshang yìqǐ qù kàn diànyǐng, nǐ yǒu kòng ma?

小華：好啊！小凱，你想 看 哪一部？要 看 幾點的呢？

Xiǎo Huá: Hǎo a! Xiǎo Kǎi, nǐ xiǎng kàn nǎ yíbù? Yào kàn jǐ diǎn de ne?

小凱：我 想 看 超級 警察。我們 約 六點，先 去吃晚飯，然後 看 九點 的 電影，如何？

Xiǎo Kǎi: Wǒ xiǎng kàn Chāojí jǐngchá. Wǒmen yuē liùdiǎn, xiān qù chī wǎnfàn, ránhòu kàn jiǔ diǎn de diànyǐng, rúhé?

小華：聽起來很不錯！那天我要 上 鋼琴 課，上 到 四點 半，下課 就過去。

Xiǎo Huá: Tīng qǐlái hěn búcuò! Nàtiān wǒ yào shàng gāngqín kè, shàng dào sì diǎn bàn, xiàkè jiù guòqù.

小凱：那 我們 直接 約 在 百貨 公司 美食街，好嗎？

Xiǎo Kǎi: Nà wǒmen zhíjiē yuē zài bǎihuò gōngsī měishí jiē, hǎo ma?

小華：好啊！我 先 去 買 小 芳 的 生日 禮物，

Xiǎo Huá: Hǎo a! Wǒ xiān qù mǎi Xiǎo Fāng de shēngrì lǐwù,

然後 再去 美食 街 找 你。
ránhòu zàiqù měishí jiē zhǎo nǐ.

小 凱：那就 這麼 說 定了呵！星期六 見！
Xiǎo Kǎi: Nà jiù zhème shuō dìng le ō! Xīngqíliù jiàn!

小 華：嗯！再見！
Xiǎo Huá: En! Zàijiàn!

## 二、生詞 shēng cí

| | 生詞 | 漢語拼音 | 文意解釋 |
|---|---|---|---|
| 1 | 百貨公司 | bǎihuò gōngsī | shopping mall |
| 2 | 看電影 | kàn diànyǐng | watch a movie |
| 3 | 超級 | chāojí | super |
| 4 | 警察 | jǐngchá | police |
| 5 | 約 | yuē | to make an appointment |
| 6 | 鋼琴課 | gāngqín kè | piano lesson |
| 7 | 美食街 | měishí jiē | food street |
| 8 | 生日禮物 | shēngrì lǐwù | birthday gift |
| 9 | 說定 | shuō dìng | to settle on |

## 三、練習的解答 liànxí de jiědá

1. B 2. B 3. B 4. A 5. D

# 25 機場
jīchǎng

## 一、對話
duì huà

阿傑：佳佳！怎麼 這麼 巧！居然 能 在 機場 碰 到
Ā Jié: Jiājiā! Zěnme zhème qiǎo! Jūrán néng zài jīchǎng pèng dào

你！你 要 出國 嗎？
nǐ! Nǐ yào chūguó ma?

佳佳：阿傑，眞的 好 巧。沒有，我 也 想 出國啊！
Jiājiā: Ā Jié, zhēnde hǎo qiǎo. Méiyǒu, wǒ yě xiǎng chūguó a!

可惜不是！我 是來接機的。
Kěxí búshì! Wǒ shì lái jiējī de.

阿傑：你要 接 誰 呢？
Ā Jié: Nǐ yào jiē sheí ne?

佳佳：我 表姐 今天 從 巴西回來，飛機三 點 半 到。
Jiājiā: Wǒ biǎojiě jīntiān cóng Bāxī huílái, fēijī sān diǎn bàn dào.

你呢？看 你 帶著 那麼大的行李？是 要 去哪裡啊？
Nǐ ne? Kàn nǐ dàizhe nàme dà de xínglǐ? Shì yào qù nǎlǐ a?

阿傑：我啊，我 要 去 英國 遊學 三個 月，去學 英文。
Ā Jié: Wǒ a, wǒ yào qù Yīngguó yóuxué sānge yuè, qù xué yīngwén.

我的飛機六點 起飛，先 來Check in。現在 三 點 了
Wǒde fēijī liù diǎn qǐfēi, xiān lái Check in. Xiànzài sān diǎn le

你表姐 快 到了。
nǐ biǎojiě kuài dào le.

佳佳：你要 去 英國？？？好 好呵！眞是 羡慕！你三個
Jiājiā: Nǐ yào qù Yīngguó??? Hǎo hǎo ō! Zhēnshì xiànmù! Nǐ sānge

月回來之後，相信 英文 肯定進步 很多。
yuè huílái zhīhòu, xiāngxìn Yīngwén kěndìng jìnbù hěnduō.

阿傑：我也希望！我回來再約大家一起吃個飯！
Ā Jié: Wǒ yě xīwàng! Wǒ huílái zài yuē dàjiā yìqǐ chī ge fàn!

佳佳：那是一定要的！
Jiājiā: Nà shì yídìng yào de!

阿傑：我得 先 走了。
Ā Jié: Wǒ děi xiān zǒule.

佳佳：阿傑，祝你一路順風！學 好 學 滿！
Jiājiā: Ā Jié, zhù nǐ yílù shùnfēng! Xué hǎo xué mǎn!

## 二、生詞
shēng cí

| | 生詞 | 漢語拼音 | 文意解釋 |
|---|---|---|---|
| 1 | 機場 | jīchǎng | airport |
| 2 | 巧 | qiǎo | coincidentally |
| 3 | 接機 | jiē jī | to meet a plane (to pick up sb at the airport) |
| 4 | 表姐 | biǎojiě | cousin |
| 5 | 飛機 | fēijī | airplane |
| 6 | 抵達 | dǐdá | arrival |
| 7 | 打算 | dǎsuàn | plan |
| 8 | 暑假 | shǔjià | summer vacation |
| 9 | 遊學 | yóuxué | study abroad |
| 10 | 起飛 | qǐfēi | departure |
| 11 | 一路順風 | yílù shùnfēng | have a pleasant journey |

## 三、練習的解答
liànxí de jiědá

1. B　2. B　3. C　4. A　5. C

# 26 學 游泳
xué yóuyǒng

## 一、對話
duì huà

小 莉：小　華，快 救救我！
Xiǎo Lì:　Xiǎo Huá,　kuài jiù jiù wǒ!

小　華：可愛的 小 莉，你怎麼 了？
Xiǎo Huá:　Kěài de Xiǎo Lì,　　nǐ zěnme le?

小 莉：我 過年 的時候 吃 太多了，今天一 量　體重，
Xiǎo Lì:　Wǒ guònián de shíhòu chī tàiduōle,　jīntiān yì liáng tǐzhòng,

天啊！胖 了三　公斤！我　想 減肥！
tiān a!　Pàng le sān gōngjīn!　Wǒ xiǎng jiǎnféi!

小　華：過年　天天 在家吃吃喝喝，一定 會 胖 的。
Xiǎo Huá: Guònián tiāntiān zàijiā chīchī-hēhē,　yídìng huì pàng de.

我 也 胖 了一 公斤！
Wǒ yě pàng le yì gōngjīn!

小 莉：那 我們一起減肥，你有 沒有　什麼　好 方法？
Xiǎo Lì:　Nà wǒmen yìqǐ jiǎnféi,　nǐ yǒu méiyǒu shénme hǎo fāngfǎ?

小　華：減肥 沒什麼　祕訣，就是 少 吃 多 動 囉！
Xiǎo Huá:　Jiǎnféi méishénme mìjué,　jiùshì shǎo chī duō dòng luo!

我們 一起 運動 吧！你 想　做　什麼　運動？
Wǒmen yìqǐ yùndòng ba!　Nǐ xiǎng zuò shénme yùndòng?

小 莉：我　想　要去　游泳，但 又 覺得 麻煩！我們
Xiǎo Lì:　Wǒ xiǎng yào qù yóuyǒng,　dàn yòu juéde máfán!　Wǒmen

一起去 跑步，如何？
yìqǐ qù pǎobù, rúhé?

小 華：去 游泳 比較 好，不要 怕麻煩，我陪 你！
Xiǎo Huá: Qù yóuyǒng bǐjiào hǎo, búyào pà máfán, wǒ péi nǐ!

我 正 好 想 學 游泳。我們 一起去 游泳，
Wǒ zhèng hǎo xiǎng xué yóuyǒng. Wǒmen yìqǐ qù yóuyǒng,

有 個 伴 就不會 偷懶 了！
yǒu ge bàn jiù búhuì tōulǎnle!

小 莉：好啊！那 我們 明天 下課 後 一起去 問 開放
Xiǎo Lì: Hǎo a! Nà wǒmen míngtiān xiàkè hòu yìqǐ qù wèn kāifàng

時間 和 費用。
shjiān hàn fèiyòng.

小 華：太 棒 了！終於 有 人陪 我去 學 游 泳 了！
Xiǎo Huá: Tài bàng le! Zhōngyú yǒu rén péi wǒ qù xué yóuyǒng le!

## 二、生詞
shēng cí

| | 生詞 | 漢語拼音 | 文意解釋 |
|---|---|---|---|
| 1 | 游泳 | yóuyǒng | swim |
| 2 | 救 | jiù | to save, to rescue |
| 3 | 量體重 | liáng tǐzhòng | to measure weight |
| 4 | 公斤 | gōngjīn | kilogram |
| 5 | 減肥 | jiǎnféi | lose weight |
| 6 | 祕訣 | mìjué | the secret |
| 7 | 運動 | yùndòng | sports |

| | 生詞 | 漢語拼音 | 文意解釋 |
|---|---|---|---|
| 8 | 麻煩 | máfán | troublesome; inconvenient |
| 9 | 跑步 | pǎobù | running |
| 10 | 正好 | zhènghǎo | just right |
| 11 | 有伴 | yǒubàn | accompanied |
| 12 | 偷懶 | tōulǎn | be lazy |
| 13 | 費用 | fèiyòng | cost |
| 14 | 太棒了 | tài bàng le | awesome |
| 15 | 終於 | zhōngyú | finally |

## 三、練習的解答 liànxí de jiědá

1. B　2. C　3. A　4. B　5. D

# 暑假
shǔjià

## 一、對話
duì huà

男同學：暑假 快 到了，你有 什麼 打算？
nán tóngxué: Shǔjià kuài dàole, nǐ yǒu shénme dǎsuàn?

女同學：我 想 去 美國 打工。
nǚ tóngxué: Wǒ xiǎng qù Měiguó dǎgōng.

男同學：哇！好 酷呵！你 打算 去 多久？
nán tóngxué: Wa! Hǎo kù ō! Nǐ dǎsuàn qù duōjiǔ?

女同學：我 打算 去 三個 月。你呢，你有 什麼 打算？
nǚ tóngxué: Wǒ dǎsuàn qù sānge yuè. Nǐ ne, nǐ yǒu shénme dǎsuàn?

男同學：我 想 學 潛水。但還不知道去哪裡學 好？
nán tóngxué: Wǒ xiǎng xué qiánshuǐ. Dàn hái bù zhīdào qù nǎlǐ xué hǎo?

女同學：學 潛水？不錯啊！聽 起來就很 好玩。
nǚ tóngxué: Xué qiánshuǐ? Búcuò a! Tīng qǐlái jiù hěn hǎowán.

男同學：是啊！我 看 會 潛水 的 人，總能 像 美人
nán tóngxué: Shì a! Wǒ kàn huì qiánshuǐ de rén, zǒngnéng xiàng měirén

魚一樣在 海中 游泳，所以也想 試試看。
yú yíyàng zài hǎizhōng yóuyǒng, suǒyǐ yě xiǎng shìshìkàn.

女同學：真 好，我怕 水，可能 沒 辦法當 美人魚了！
nǚ tóngxué: Zhēn hǎo, wǒ pà shuǐ, kěnéng méi bànfǎ dāng měirényú le!

男同學：那有 什麼 關係！聽 說你很會 跳舞，
nán tóngxué: Nà yǒu shénme guānxi! Tīng shuō nǐ hěn huì tiàowǔ,

這我就不行了，我韻律感很差。
zhè wǒ jiù bùxíng le, wǒ yùnlǜ gǎn hěn cha.

女同學：嗯，每個人的強項都不同，不必羨慕別人。
nǚ tóngxué: En, měigerén de qiángxiàng dōu bùtóng, búbì xiànmù biérén.

男同學：沒錯！好希望暑假趕快到來呵！
nán tóngxué: Méicuò! Hǎo xīwàng shǔjià gǎnkuài dàolái ō!

女同學：對啊對啊～
nǚ tóngxué: Duì a duì a ~

## 二、生詞 shēng cí

| | 生詞 | 漢語拼音 | 文意解釋 |
|---|---|---|---|
| 1 | 暑假 | shǔjià | summer vacation |
| 2 | 打算 | dǎsuàn | to plan |
| 3 | 打工 | dǎgōng | to work a temporary or casual job |
| 4 | 酷 | kù | cool |
| 5 | 學潛水 | xué qiánshuǐ | learn to dive |
| 6 | 不錯 | búcuò | not bad |
| 7 | 美人魚 | měirényú | mermaid |
| 8 | 跳舞 | tiàowǔ | to dance |
| 9 | 韻律感 | yùnlǜ gǎn | sense of rhythm |
| 10 | 強項 | qiángxiàng | key strength |
| 11 | 不同 | bùtóng | different |
| 12 | 羨慕 | xiànmù | to envy, to admire |

## 三、練習的解答 liànxí de jiědá

1. A　2. B　3. B　4. C　5. D

# 28 換 工作
huàn gōngzuò



## 一、對話
duì huà

小　張：小李，在看 什麼？這麼 專心！
Xiǎo Zhāng: Xiǎo Lǐ, zài kàn shénme? Zhème zhuānxīn!

小李：我在找 工作，我 想 換 工作。
Xiǎo Lǐ: Wǒ zài zhǎo gōngzuò, wǒ xiǎng huàn gōngzuò.

小　張：你之前不是 說 很 喜歡 這 份 工作 嗎？
Xiǎo Zhāng: Nǐ zhīqián búshì shuō hěn xǐhuān zhè fèn gōngzuò ma?

怎麼 突然 想 換 工作 了呢？
Zěnme túrán xiǎng huàn gōngzuò le ne?

小李：喜歡 是 喜歡，但 工作 的 時間 太 長 了。
Xiǎo Lǐ: Xǐhuān shì xǐhuān, dàn gōngzuò de shíjiān tài cháng le.

小　張：你幾點 工作 到 幾點 呢？
Xiǎo Zhāng: Nǐ jǐ diǎn gōngzuò dào jǐ diǎn ne?

小李：我 早上 七 點 半 就要 到 公司，中午 休息
Xiǎo Lǐ: Wǒ zǎoshàng qī diǎn bàn jiù yào dào gōngsī, zhōngwǔ xiūxí

一小時，晚上 七 點 下班。
yì xiǎoshí, wǎnshàng qī diǎn xiàbān.

小　張：那 這樣 真的 很累！
Xiǎo Zhāng: Nà zhèyàng zhēnde hěn lèi!

小李：是啊，我 每天 回 到家 都 累死了，實在 很難
Xiǎo Lǐ: Shì a, wǒ měitiān huí dàojiā dōu lèi sǐ le, shízài hěnnán

有 時間 做自己喜歡 的事。
yǒu shíjiān zuò zìjǐ xǐhuān de shì.

小　張：但是 現在 工作 很 不好 找。
Xiǎo Zhāng: Dànshì xiànzài gōngzuò hěn bùhǎo zhǎo.

小李：這就是我 煩惱 的 地方，所以才 會不敢 辭職。
Xiǎo Lǐ: Zhè jiùshì wǒ fánnǎo de dìfāng, suǒyǐ cái huì bùgǎn cízhí.

小 張，你呢？你 現在 的 工作 怎麼樣？
Xiǎo Zhāng, nǐ ne? Nǐ xiànzài de gōngzuò zěnmeyàng?

小　張：還可以，環境 和 同事 都 不錯，工作
Xiǎo Zhāng: Hái kěyǐ, huánjìng hàn tóngshì dōu búcuò, gōngzuò

內容 我 也 很 喜歡。
nèiróng wǒ yě hěn xǐhuān.

小李：那很 好啊！真 羨慕 你！
Xiǎo Lǐ: Nà hěn hǎo a! Zhēn xiànmù nǐ!

小　張：你的 條件 很 不錯，相信 很 快 就 能
Xiǎo Zhāng: Nǐde tiáojiàn hěn búcuò, xiāngxìn hěn kuài jiù néng

找到 新 工作 了。
zhǎodào xīn gōngzuò le.

小李：希望如此！等 我 找到 工作 再 請 你吃飯。
Xiǎo Lǐ: Xīwàng rúcǐ! Děng wǒ zhǎodào gōngzuò zài qǐng nǐ chīfàn.

小　張：不用，我 請你，我 幫 你 慶祝！
Xiǎo Zhāng: Búyòng, wǒ qǐng nǐ, wǒ bāng nǐ qìngzhù!

## 二、生詞
shēng cí

| | 生詞 | 漢語拼音 | 文意解釋 |
|---|---|---|---|
| 1 | 專心 | zhuānxīn | to concentrate |
| 2 | 找工作 | zhǎo gōngzuò | find a job |
| 3 | 換工作 | huàn gōngzuò | change jobs |
| 4 | 突然 | túrán | suddenly |
| 5 | 實在 | shízài | really |
| 6 | 煩惱 | fánnǎo | to be worried |
| 7 | 辭職 | cízhí | to resign |
| 8 | 環境 | huánjìng | environment |
| 9 | 同事 | tóngshì | colleague |
| 10 | 內容 | nèiróng | content |
| 11 | 條件 | tiáojiàn | condition |
| 12 | 相信 | xiāngxìn | to believe |
| 13 | 希望如此 | xīwàng rúcǐ | hope so |
| 14 | 請吃飯 | qǐng chīfàn | to tral to a meal |
| 15 | 慶祝 | qìngzhù | to celebrate |

## 三、練習的解答
liànxí de jiědá

1. D 2. B 3. B 4. C 5. A

# 29 100分
100 fēn

## 一、對話
duì huà

媽媽：娜娜來，我們 來複習一下這一課的 生詞。
māma: Nànà lái, wǒmen lái fùxí yíxià zhè yí kè de shēngcí.

娜娜：好。
Nànà: Hǎo.

媽媽：你 先自己讀，等 等 我考 你。
māma: Nǐ xiān zìjǐ dú, děng děng wǒ kǎo nǐ.

娜娜：好。媽媽，我 擔心一件 事……
Nànà: Hǎo. Māma, wǒ dānxīn yí jiàn shì……

媽媽：什麼 事？
māma: Shénme shì?

娜娜：如果我 考一百分，老師 會不會以爲我 是 抄 同學 的呀？
Nànà: Rúguǒ wǒ kǎo yìbǎifēn, lǎoshī huì búhuì yǐwéi wǒ shì chāo tóngxué de ya?

媽媽：娜娜，你 想 太 多了！快 點 看書，快 背 單字！
māma: Nànà, nǐ xiǎng tài duō le! Kuài diǎn kànshū, kuài bèi dānzì!

娜娜：呵……媽媽，那你以前 每次 都 考 一百分 嗎？
Nànà: ō …… Māma, nà nǐ yǐqián měi cì dōu kǎo yìbǎi fēn ma?

媽媽：怎麼 可能 每次都 考 一百呢？
māma: Zěnme kěnéng měi cì dōu kǎo yìbǎi ne?

娜娜：那媽媽 爲什麼 你會 希望 我 每 次 都 考 一百呢？
Nànà: Nà māma wèishénme nǐ huì xīwàng wǒ měi cì dōu kǎo yībǎi ne?

媽媽：媽媽是 希望 你 能 進步，一次考 得比一次好。
māma: Māma shì xīwàng nǐ néng jìnbù, yícì kǎo de bǐ yícì hǎo.

娜娜：這樣 我就 放心了！
Nànà: Zhèyàng wǒ jiù fàngxīnle!

媽媽：所以你有 信心 一定 會考 好？
māma: Suǒyǐ nǐ yǒu xìnxīn yídìng huì kǎo hǎo?

娜娜：那是 一定 的，因爲 上次 我 沒 讀書，考了零分，
Nànà: Nà shì yídìng de, yīnwèi shàngcì wǒ méi dúshū, kǎole líng fēn,

這次隨便 考 都 一定 會比 上次 好！
zhècìsuíbiàn kǎo dōu yídìng huì bǐ shàngcì hǎo!

媽媽：你這 孩子！快 看書 啦！我 過 半 小時 考 你！
māma: Nǐ zhè háizi! Kuài kànshū la! Wǒ guò bàn xiǎoshí kǎo nǐ!

## 二、生詞
shēng cí

| | 生詞 | 漢語拼音 | 文意解釋 |
|---|---|---|---|
| 1 | 複習 | fùxí | to review |
| 2 | 生詞 | shēngcí | new words |
| 3 | 擔心 | dānxīn | to worry |
| 4 | 如果 | rúguǒ | if |
| 5 | 抄 | chāo | to copy |
| 6 | 想太多 | xiǎng tài duō | over thinking |
| 7 | 背單字 | bèi dānzì | to memorize word |
| 8 | 進步 | jìnbù | progress |

| | 生詞 | 漢語拼音 | 文意解釋 |
|---|---|---|---|
| 9 | 放心 | fàngxīn | to feel relieved |
| 10 | 信心 | xìnxīn | confidence |
| 11 | 隨便 | suíbiàn | at random |

## 三、練習的解答 liànxí de jiědá

1. C　2. D　3. C　4. A　5. B

# 30 在 服裝 店
zài fúzhuāng diàn

## 一、對話
duì huà

店員：您 好！請問 有 什麼可以為 您服務的 嗎？
diànyuán: Nín hǎo! Qǐngwèn yǒu shénme kěyǐ wèi nín fúwù de ma?

客人：嗯！我 想 試試 這 件 短褲，有 什麼 顏色？
kèrén: En! Wǒ xiǎng shìshì zhè jiàn duǎnkù, yǒu shénme yánsè?

店員：我 幫 您看看。有 紅色，藍色，白色 和黑色。
diànyuán: Wǒ bāng nín kànkàn. Yǒu hóngsè, lánsè, báisè hàn hēisè.

您要 試穿 嗎？
Nín yào shìchuān ma?

客人：那 幫 我拿一下 紅色 好了，我 穿 42 號。
kèrén: Nà bāng wǒ ná yíxià hóngsè hǎole, wǒ chuān 42 hào.

店員：沒問題！42號，紅色，這裡，您 試試看。
diànyuán: Méi wèntí! 42 hào, hóngsè, zhèlǐ, nín shìshìkàn.

試衣間在 前面。
Shìyījiān zài qiánmiàn.

（從 試衣間 出來）
(cóng shìyījiān chūlái)

店員：您 穿 紅色 眞是 好看。
diànyuán: Nín chuān hóngsè zhēnshì hǎokàn.

客人：嗯，我也 很 喜歡。好，就這 一件。
kèrén: En, wǒ yě hěn xǐhuān. Hǎo, jiù zhè yí jiàn.

店員：要 看看衣服嗎？
diànyuán: Yào kànkàn yīfu ma?

客人：衣服就不用 了。對了，你們 有 賣 童裝 嗎？
kèrén: Yīfu jiù búyòng le. Duìle, nǐmen yǒu mài tóngzhuāng ma?

店員：有， 童裝 在 後面。請 跟 我來。
diànyuán: Yǒu, tóngzhuāng zài hòumiàn. Qǐng gēn wǒ lái.

客人：有 小 女生 的 洋裝 嗎？
kèrén: Yǒu xiǎo nǚshēng de yángzhuāng ma?

店員：有，但是 款式 不 多。我 拿 給 您 看看。請問
diànyuán: Yǒu, dànshì kuǎnshì bù duō. Wǒ ná gěi nín kànkàn. Qǐngwèn

小朋友 幾歲呢？
xiǎopéngyǒu jǐ suì ne?

客人：七歲。她喜歡 紫色和 粉紅色。
kèrén: Qī suì. Tā xǐhuān zǐsè hàn fěnhóngsè.

店員：我們 剛好 有 三件 小 女生 的 洋裝，
diànyuán: Wǒmen gānghǎo yǒu sānjiàn xiǎo nǚshēng de yángzhuāng,

而且 都 是 粉紅色 的，我拿給 您 看。
érqiě dōu shì fěnhóngsè de, wǒ ná gěi nín kàn.

客人：麻煩你了！
kèrén: Máfán nǐ le!

## 二、生詞
shēng cí

| | 生詞 | 漢語拼音 | 文意解釋 |
|---|---|---|---|
| 1 | 服務 | fúwù | to serve, service |

| | 生詞 | 漢語拼音 | 文意解釋 |
|---|---|---|---|
| 2 | 試穿 | shì chuān | to try on |
| 3 | 拿 | ná | to take |
| 4 | 試衣間 | shì yī jiān | fitting room |
| 5 | 前面 | qiánmiàn | in front |
| 6 | 童裝 | tóngzhuāng | children's clothing |
| 7 | 後面 | hòumiàn | behind |
| 8 | 洋裝 | yángzhuāng | dress |
| 9 | 款式 | kuǎnshì | style |
| 10 | 麻煩 | máfán | to bother |

## 三、練習的解答
liànxí de jiědá

1. C　2. A　3. B　4. B　5. D

# 31 出遊
chūyóu

## 一、對話
duì huà

小　晴：小　君，你這個 週末 有　空　嗎？我們一起去
Xiǎo Qíng: Xiǎo Jūn, nǐ zhège zhōumò yǒu kòng ma? Wǒmen yìqǐ qù

遊樂園 玩，好不好？
yóulèyuán wán, hǎobùhǎo?

小　君：好啊，小　晴！那 我們　約 星期六 還是 星期天？
Xiǎo Jūn: Hǎo a, Xiǎo Qíng! Nà wǒmen yuē xīngqíliù háishì xīngqítiān?

小　晴：星期六我 要 上課，我們　約　星期天 好了。
Xiǎo Qíng: Xīngqíliù wǒ yào shàngkè, wǒmen yuē xīngqítiān hǎole.

早上 七點集合可以嗎？
Zǎoshàng qīdiǎn jíhé kěyǐ ma?

小　君：早上　七 點 太 早了吧！我們　約 八 點　吧！
Xiǎo Jūn: Zǎoshàng qī diǎn tài zǎo le ba! Wǒmen yuē bā diǎn ba!

小　晴：好 吧！可是 小　君，我們　約 在哪裡見面　好 呢
Xiǎo Qíng: Hǎo ba! Kěshì Xiǎo Jūn, wǒmen yuē zài nǎlǐ jiànmiàn hǎo ne

小　君：你家附近 有個　公車　站，我們 就 約 在 那兒吧！
Xiǎo Jūn: Nǐjiā fùjìn yǒu ge gōngchē zhàn, wǒmen jiù yuē zài nàer ba!

小　晴：可以呀！我們　還可以多 叫 幾個 人一起去，
Xiǎo Qíng: Kěyǐ ya! Wǒmen hái kěyǐ duō jiào jǐ ge rén yìqǐ qù,

這樣 比較 有趣！
zhèyàng bǐjiào yǒuqù!

小　君：那我　想　帶我　妹妹一起去！小　晴 你呢？
Xiǎo Jūn:　Nà wǒ xiǎng dài wǒ mèimei yìqǐ　qù!　Xiǎo Qíng nǐ ne?

你　想　約誰？
Nǐ xiǎng yuēshéi?

小　晴：我　想　約我的 鄰居小　華，你們 都 認識她。
Xiǎo Qíng:　Wǒ xiǎng yuē wǒde　línjū　Xiǎo Huá,　nǐmen dōu rènshì tā.

小　君：太好了！那我們 就 約 好 星期天 見 啦！
Xiǎo Jūn:　Tài hǎo le!　Nà wǒmen jiù yuē hǎo xīngqítiān jiàn la!

## 二、生詞
shēng cí

| | 生詞 | 漢語拼音 | 文意解釋 |
|---|---|---|---|
| 1 | 週末 | zhōumò | weekend |
| 2 | 遊樂園 | yóulèyuán | amusement park |
| 3 | 約 | yuē | make an appointment / invite |
| 4 | 集合 | jíhé | gather |
| 5 | 見面 | jiànmiàn | meet |
| 6 | 附近 | fùjìn | nearby |
| 7 | 公車站 | gōngchē zhàn | bus stop |
| 8 | 有趣 | yǒuqù | fun |
| 9 | 鄰居 | línjū | neighbor |
| 10 | 認識 | rènshi | know |

## 三、練習的解答
liànxí de jiědá

1. C　　2. D　　3. B　　4. D　　5. A

# 32 天氣
tiānqì

## 一、對話
duì huà

小　東：小　明，你不覺得最近天氣越來越冷了嗎？
Xiǎo Dōng: Xiǎo Míng, nǐ bù juéde zuìjìn tiānqì yuè lái yuè lěng le ma?

眞　討厭！
Zhēn tǎoyàn!

小　明：爲什麼？小　東，你不喜歡　冬天　嗎？
Xiǎo Míng: Wèishénme? Xiǎo Dōng, nǐ bù xǐhuān dōngtiān ma?

小　東：我不喜歡　冬天，因爲　冬天　太冷了！
Xiǎo Dōng: Wǒ bù xǐhuān dōngtiān, yīnwèi dōngtiān tài lěngle!

小　明：不會啊！我最喜歡　冬天　了，因爲可以喝
Xiǎo Míng: Bú huì a! Wǒ zuì xǐhuān dōngtiān le, yīnwèi kěyǐ hē

熱熱的巧克力！
rèrède qiǎokèlì!

小　東：可是　冬天　的風又大，又容易　感冒。
Xiǎo Dōng: Kěshì dōngtiān de fēng yòu dà, yòu róngyì gǎnmào.

小　明：嗯，雖然　很　冷，但是只要　穿　厚厚的外套，
Xiǎo Míng: En, suīrán hěn lěng, dànshì zhǐyào chuān hòuhòude wàitào,

就不冷了。那你呢，小　東？你比較喜歡　哪個季
jiùbù lěng le. Nà nǐ ne, Xiǎo Dōng? Nǐ bǐjiào xǐhuān nǎge jì

小　東：我覺得　春天　的天氣很　暖和，花也很　漂
Xiǎo Dōng: Wǒ juéde chūntiān de tiānqì hěn nuǎnhuo, huā yě hěn piào

亮。但是我 更 喜歡 夏天，因爲 夏天可以
liàng. Dànshì wǒ gèng xǐhuān xiàtiān, yīnwèi xiàtiān kěyǐ

去 游泳，還可以吃 甜甜的 冰淇淋！
qù yóuyǒng, háikěyǐ chī tiántiánde bīngqílín!

小 明：我 不 喜歡 夏天，夏天 太熱了！而且還 會流
Xiǎo Míng: Wǒ bù xǐhuān xiàtiān, xiàtiān tài rèle! Érqiě hái huì liú

很多 汗。
hěnduō hàn.

## 二、生詞
shēng cí

| | 生詞 | 漢語拼音 | 文意解釋 |
|---|---|---|---|
| 1 | 天氣 | tiānqì | weather |
| 2 | 越來越 | yuè lái yuè | more and more |
| 3 | 冬天 | dōngtiān | winter |
| 4 | 厚厚的 | hòu hòu de | thick |
| 5 | 季節 | jìjié | season |
| 6 | 春天 | chūntiān | spring |
| 7 | 暖和 | nuǎnhuo | warm |
| 8 | 夏天 | xiàtiān | summer |
| 9 | 游泳 | yóuyǒng | swim |
| 10 | 流汗 | liúhàn | to sweat |

## 三、練習的解答
liànxí de jiědá

1. D　2. A　3. A　4. B　5. B

# 33 中秋 節
Zhōngqiū jié

## 一、對話
duì huà

小　東：小　明，中秋 節 快 到 了！我們 一起 慶祝 吧！
Xiǎo Dōng: Xiǎo Míng, Zhōngqiū jié kuài dào le! Wǒmen yìqǐ qìngzhù ba!

小　明：好啊！只 不過 小　東，今年 的 中秋　節 是 哪 一天 呀？
Xiǎo Míng: Hǎoa! Zhǐ búguò Xiǎo Dōng, jīnnián de Zhōngqiū jié shì nǎ yìtiān ya?

小　東：好像 是 這個 星期五。不對，應該 是 這個 星期六。
Xiǎo Dōng: Hǎoxiàng shì zhège xīngqíwǔ. Búduì, yīnggāi shì zhège xīngqíliù.

小　明：我 看看。沒錯！是 這個 星期六。
Xiǎo Míng: Wǒ kànkàn. Méicuò! Shì zhège xīngqíliù.

小　東：我們 在 哪裡 慶祝 好 呢？燒烤 店 怎麼樣？
Xiǎo Dōng: Wǒmen zài nǎlǐ qìngzhù hǎo ne? Shāokǎo diàn zěnmeyàng?

小　明：燒烤 店 可能 會 有 很多 人。我 看 我們 還是 在 誰 家 過 好了。
Xiǎo Míng: Shāokǎo diàn kěnéng huì yǒu hěnduō rén. Wǒ kàn wǒmen háishì zài shéi jiā guò hǎo le.

小　東：我家 可能 沒辦法，因爲 最近 我們 在 修理
Xiǎo Dōng: Wǒjiā kěnéng méibànfǎ, yīnwèi zuìjìn wǒmen zài xiūlǐ

水管。
shuǐguǎn.

小　明：我家沒問題，不然就在我家好了。對了小東，
Xiǎo Míng: Wǒjiā méi wèntí, bùrán jiù zài wǒjiā hǎole. Duìle Xiǎo Dōng,

別忘了 邀請你爸爸、媽媽和姐姐一起來！
biéwàngle yāoqǐng nǐ bàba, māma hàn jiějie yīqǐlái!

小　東：那我們 需要帶 什麼 東西去呢？
Xiǎo Dōng: Nà wǒmen xūyào dài shénme dōngxi qù ne?

小　明：我 想 想，肉和 蔬菜 我們 家可以準備。
Xiǎo Míng: Wǒ xiǎng xiǎng, ròu hàn shūcài wǒmen jiā kěyǐ zhǔnbèi.

你們家負責飯 後 甜點 和 飲料，怎麼樣？
Nǐmen jiā fùzé fàn hòu tiándiǎn hàn yǐnliào, zěnmeyàng?

小　東：當然可以。那我們就帶 甜點 和 飲料過去。
Xiǎo Dōng: Dāngrán kěyǐ. Nà wǒmen jiù dài tiándiǎn hàn yǐnliào guòqù.

小　明：就這麼 說 定了！
Xiǎo Míng: Jiù zhème shuō dìngle!

小　東：星期六幾點呢？我們可以早點 過去 幫忙 呵！
Xiǎo Dōng: Xīngqíliù jǐ diǎn ne? Wǒmen kěyǐ zǎodiǎn guòqù bāngmáng ō!

小　明：五點 過後 就可以來了。
Xiǎo Míng: wǔ diǎn guòhòu jiù kěyǐ láile.

小　東：好的，那我們就星期六五點 過後 過去 幫忙！
Xiǎo Dōng: Hǎo de, nà wǒmen jiù xīngqíliù wǔ diǎn guòhòu guòqù bāngmáng!

## 二、生詞
shēng cí

| | 生詞 | 漢語拼音 | 文意解釋 |
|---|---|---|---|
| 1 | 中秋節 | Zhōngqiū jié | Mid-Autumn Festival |
| 2 | 慶祝 | qìngzhù | celebrate |
| 3 | 燒烤店 | shāokǎo diàn | barbecue restaurant |
| 4 | 修理 | xiūlǐ | repair, fix |
| 5 | 水管 | shuǐguǎn | water pipe |
| 6 | 邀請 | yāoqǐng | invite |
| 7 | 肉 | ròu | meat |
| 8 | 蔬菜 | shūcài | vegetables |
| 9 | 飯後甜點 | fàn hòu tiándiǎn | dessert |
| 10 | 飲料 | yǐnliào | drink, beverage |

## 三、練習的解答
liànxí de jiědá

1. C　2. B　3. D　4. B　5. C

# 34 做 蛋糕

zuò dàngāo

## 一、對話

duì huà

姐姐：妹妹，後天 就是 媽媽 的 生日 了！
jiějie: Mèimei, hòutiān jiùshì māma de shēngrì le!

妹妹：對 耶 姐姐，後天 就是了！我們 要 送 什麼
mèimei: Duì ye jiějie, hòutiān jiùshì le! Wǒmen yào sòng shénme

禮物好 呢？
lǐwù hǎo ne?

姐姐：我們 做一個 蛋糕 送 給 她 怎麼樣？
jiějie: Wǒmen zuò yíge dàngāo sòng gěi tā zěnmeyàng?

妹妹：嗯，可以啊，但是 我 不是 很會 做 蛋糕。
mèimei: En, kěyǐ a, dànshì wǒ búshì hěn huì zuò dàngāo.

姐姐：別擔心，我 教 你。我們 一起 做！
jiějie: Bié dānxīn, wǒ jiāo nǐ. Wǒmen yìqǐ zuò!

妹妹：那 我們 要 做 什麼 口味 的 蛋糕 呢？
mèimei: Nà wǒmen yào zuò shénme kǒuwèi de dàngāo ne?

姐姐：媽媽不 太 喜歡巧克力，不然 我們 做 水果
jiějie: Māma bú tài xǐhuān qiǎokèlì, bùrán wǒmen zuò shuǐguǒ

蛋糕 好 了。
dàngāo hǎo le.

妹妹：太 好 了，我 也喜歡 吃 水果 蛋糕！那 我們
mèimei: Tài hǎo le, wǒ yě xǐhuān chī shuǐguǒ dàngāo! Nà wǒmen

需要 準備 什麼 材料？
xūyào zhǔnbèi shénme cáiliào?

姐姐：我 看 一下食譜，我們 會 需要 麵粉、糖、
jiějie: Wǒ kàn yíxià shípǔ, wǒmen huì xūyào miànfěn, táng,

雞蛋、奶油 和 一些 水果。
jīdàn, nǎiyóu hàn yìxiē shuǐguǒ.

妹妹：這些 材料家裡都 有 嗎？
mèimei: Zhèxiē cáiliào jiālǐ dōu yǒu ma?

姐姐：嗯，除了雞蛋，其他的家裡 都 有 了。
jiějie: En, chúle jīdàn, qítā de jiā lǐ dōu yǒu le.

妹妹：那 我們 明天 去 超市 買 吧！需要 幾顆雞蛋呢？
mèimei: Nà wǒmen míngtiān qù chāoshì mǎi ba! Xūyào jǐ kē jīdàn ne?

姐姐：只 需要 三 顆，不過 我們 買 十 顆好 了。
jiějie: Zhǐ xūyào sān kē, búguò wǒmen mǎi shí kē hǎo le.

妹妹：十 顆？會不會 太 多 了？
mèimei: Shí kē? Huì búhuì tài duōle?

姐姐：不會，剩下 的 我們可以 放 到 冰箱 裡。
jiějie: Búhuì, shèngxià de wǒmen kěyǐ fàng dào bīngxiāng lǐ.

妹妹：好 啊。希望 媽媽 會 喜歡 我們 做 的 蛋糕！
mèimei: Hǎo a. Xīwàng māma huì xǐhuān wǒmen zuò de dàngāo!

## 二、生詞
shēng cí

| | 生詞 | 漢語拼音 | 文意解釋 |
|---|---|---|---|
| 1 | 後天 | hòutiān | the day after tomorrow |

| | 生詞 | 漢語拼音 | 文意解釋 |
|---|---|---|---|
| 2 | 蛋糕 | dàngāo | cake |
| 3 | 口味 | kǒuwèi | flavor |
| 4 | 材料 | cáiliào | ingredient |
| 5 | 麵粉 | miànfěn | flour |
| 6 | 糖 | táng | sugar |
| 7 | 雞蛋 | jīdàn | egg |
| 8 | 奶油 | nǎiyóu | butter |
| 9 | 除了 | chúle | aside from |
| 10 | 剩下 | shèngxià | remain |

## 三、練習的解答 liànxí de jiědá

1. D 2. B 3. A 4. D 5. C

# 35 搬家
bānjiā

## 一、對話
duì huà

佳佳：薇薇，這個星期六你有 空 嗎？
Jiājiā: Wéiwéi, zhège xīngqíliù nǐ yǒu kòng ma?

薇薇：有啊！怎麼了，佳佳？
Wéiwéi: Yǒu a! Zěnmele, Jiājiā?

佳佳：你可以來 幫 我 搬家 嗎？
Jiājiā: Nǐ kěyǐ lái bāng wǒ bānjiā ma?

薇薇：可以啊，需要 我幾點 過去？
Wéiwéi: Kěyǐ a, xūyào wǒ jǐ diǎn guòqù?

佳佳：早上 九點 可以嗎？
Jiājiā: Zǎoshàng jiǔ diǎn kěyǐ ma?

薇薇： 早上 九點？沒 問題！不過 你 爲什麼 要 搬家啊
Wéiwéi: Zǎoshàng jiǔdiǎn? Méi wèntí! Búguò nǐ wèishénme yào bānjiā a?

佳佳：因爲 我 現在 住 的 地方離我 公司 太遠了。
Jiājiā: Yīnwèi wǒ xiànzài zhù de dìfāng lí wǒ gōngsī tài yuǎnle.

薇薇：有 多 遠 啊？
Wéiwéi: Yǒu duō yuǎn a?

佳佳：開車 要 一個小時 才 能 到。
Jiājiā: Kāichē yào yíge xiǎoshí cái néng dào.

薇薇：一個 小時？！那 的確 是 住 太遠了。那你這次
Wéiwéi: Yíge xiǎoshí?! Nà díquè shì zhù tàiyuǎnle. Nà nǐ zhècì

要搬 到哪裡？
yào bān dào nǎlǐ?

佳佳：我要 搬到離公司三條街 的地方，走路五
Jiājiā: Wǒ yào bāndào lí gōngsī sāntiáojiē de dìfāng, zǒulù wǔ

分鐘 就到了。
fēnzhōng jiù dào le.

薇薇：哇，五 分鐘！那很近耶！
Wéiwéi: Wa, wǔ fēnzhōng! Nà hěn jìn ye!

佳佳：對啊，而且我的新家 旁邊 就有一家便利
Jiājiā: Duì a, érqiě wǒde xīnjiā pángbiān jiù yǒu yìjiā biànlì

商店 呵！非常 方便！
shāngdiàn ō! Fēicháng fāngbiàn!

薇薇：真 的？好 羨慕你！
Wéiwéi: Zhēn de? Hǎo xiànmù nǐ!

## 二、生詞
shēng cí

| | 生詞 | 漢語拼音 | 文意解釋 |
|---|---|---|---|
| 1 | 搬家 | bānjiā | to move house |
| 2 | 公司 | gōngsī | company |
| 3 | 離 | lí | (in giving distances) from |
| 4 | 遠 | yuǎn | far |
| 5 | 開車 | kāichē | to drive |
| 6 | 街 | jiē | street |
| 7 | 近 | jìn | near, close to |

| | 生詞 | 漢語拼音 | 文意解釋 |
|---|---|---|---|
| 8 | 旁邊 | pángbiān | next to |
| 9 | 便利商店 | biànlì shāngdiàn | convenience store |
| 10 | 方便 | fāngbiàn | convenient |

## 三、練習的解答
liànxí de jiědá

1. B　2. C　3. A　4. C　5. D

# 36 認識 新 學校
rènshì xīn xuéxiào

## 一、對話
duì huà

新生：你好！我是今年的 新生。 想 跟 您 請問
xīnshēng: Nǐ hǎo! Wǒ shì jīnnián de xīnshēng. Xiǎng gēn nín qǐngwèn

一下，圖書 館 在哪裡？
yíxià, túshū guǎn zài nǎlǐ?

學姐：圖書 館 嗎？圖書 館 在 這 棟 大樓 三 樓。
xué jiě: Túshū guǎn ma? Túshū guǎn zài zhè dòng dàlóu sān lóu.

新生：好 的，謝謝！
xīnshēng: Hǎo de, xièxie!

學姐：你是 什麼系的 學生 呢？
xué jiě: Nǐ shì shénme xì de xuéshēng ne?

新生：我 是經濟系的 學生。
xīnshēng: Wǒ shì jīngjì xì de xuéshēng.

學姐：我 也是，我 是經濟系大 三 的 學生。
xué jiě: Wǒ yěshì, wǒ shì jīngjì xì dà sān de xuéshēng.

新生：學 姐，您 好！
xīnshēng: Xué jiě, nín hǎo!

學姐：可愛的 學妹，歡迎你！需要 我 幫 你 介紹 一下
xué jiě: Kěài de xuémèi, huānyíngnǐ! Xūyào wǒ bāng nǐ jièshào yíxià

其他的地方 嗎？
qítāde dìfāng ma?

新生：好啊，麻煩學姐了！
xīnshēng: Hǎo a, máfán xuéjiě le!

學姐：如果要找老師的話，他們的辦公室在
xué jiě: Rúguǒ yào zhǎo lǎoshī dehuà, tāmende bàngōngshì zài

二樓，右邊的第三間教室。
èrlóu, yòubiān de dìsānjiān jiàoshì.

新生：那女生宿舍在哪裡啊？
xīnshēng: Nà nǚshēng sùshè zài nǎlǐ a?

學姐：女生宿舍的話，從後門出去，走路五分鐘
xué jiě: Nǚshēng sùshè de huà, cóng hòumén chūqù, zǒulù wǔ fēnzhōng

就到了。
jiùdào le.

新生：太好了，眞的很感謝學姐！對了，學姐，
xīnshēng: tàihǎole, zhēnde hěn gǎnxiè xuéjiě! Duìle, xuéjiě,

請問這附近有什麼好吃又便宜的餐廳嗎？
qǐngwèn zhè fùjìn yǒu shénme hǎochī yòu piányí de cāntīng ma?

學姐：有啊，一樓的學生食堂還不錯。
xué jiě: Yǒu a, yì lóu de xuéshēng shítáng hái búcuò.

新生：了解。謝謝學姐！
xīnshēng: Liǎojiě. Xièxie xué jiě!

學姐：不客氣！祝你一切順利。
xué jiě: Bú kèqì! Zhù nǐ yíqiè shùnlì.

## 二、生詞
shēng cí

| | 生詞 | 漢語拼音 | 文意解釋 |
|---|---|---|---|
| 1 | 圖書館 | túshū guǎn | library |
| 2 | 系 | xì | faculty |
| 3 | 經濟 | jīngjì | Economics |
| 4 | 介紹 | jièshào | to introduce, to present |
| 5 | 辦公室 | bàngōngshì | office |
| 6 | 宿舍 | sùshè | dormitory |
| 7 | 附近 | fùjìn | nearby |
| 8 | 便宜 | piányí | cheap |
| 9 | 食堂 | shítáng | cafeteria |

## 三、練習的解答
liànxí de jiědá

1. C　2. A　3. B　4. B　5. C

# 37 地理
dìlǐ

## 一、對話
duì huà

艾麗：歐文，你知道 我們 住 的地球 有幾大洲 嗎？
Àilì: Ōuwén, nǐ zhīdào wǒmen zhù de dìqiú yǒu jǐ dàzhōu ma?

歐文：我 知道，有 五 大洲。
Ōuwén: Wǒ zhīdào, yǒu wǔ dàzhōu.

艾麗：沒錯！那你知道 哪一 洲 最大 嗎？
Àilì: Méicuò! Nà nǐ zhīdào nǎ yì zhōu zuìdà ma?

歐文：我不 確定 耶，是 非洲 還是 亞洲？
Ōuwén: Wǒ bú quèdìng ye, shì Fēizhōu háishì Yàzhōu?

艾麗：答案是 亞洲！那 最小 的 洲 呢？
Àilì: Dáàn shì Yàzhōu! Nà zuìxiǎo de zhōu ne?

歐文：這 我 知道，是 大洋洲。而且 我 還 知道 大洋洲 有幾個 國家呵！
Ōuwén: Zhè wǒ zhīdào, shì Dàyángzhōu. Érqiě wǒ hái zhīdào Dàyángzhōu yǒu jǐ ge guójiā ō!

艾麗：這個 我 反而不 知道。有幾個 國家啊？
Àilì: Zhège wǒ fǎnér bù zhīdào. Yǒu jǐ ge guójiā a?

歐文：你猜一 下！
Ōuwén: Nǐ cāi yí xià!

艾麗：我覺得 有 十 個？
Àilì: Wǒ juéde yǒu shí ge?

歐文：十個？差 一點 點。大洋洲 總共 有 十六個
Ōuwén: Shí ge? Cha yìdiǎn diǎn. Dàyángzhōu zǒnggòng yǒu shíliù ge

國家。
guójiā.

艾麗： 爲什麼 你會 知道 這麼 多 關於 大洋洲
Àilì: Wèishénme nǐ huì zhīdào zhème duō guānyú Dàyángzhōu

的事 情？
de shì qíng?

歐文：因爲 我 之後 想 去 澳洲 讀書，而 澳洲 就在
Ōuwén: Yīnwèi wǒ zhīhòu xiǎng qù Àozhōu dúshū, ér Àozhōu jiù zài

大洋洲！
Dàyángzhōu!

## 二、生詞
shēng cí

| | 生詞 | 漢語拼音 | 文意解釋 |
|---|---|---|---|
| 1 | 地球 | dìqiú | the Earth |
| 2 | 洲 | zhōu | continent |
| 3 | 不確定 | bú quèdìng | not sure |
| 4 | 非洲 | Fēizhōu | Africa |
| 5 | 亞洲 | Yàzhōu | Asia |
| 6 | 大洋洲 | Dàyángzhōu | Oceania |
| 7 | 國家 | guójiā | country |
| 8 | 反而 | fǎnér | instead |
| 9 | 總共 | zǒnggòng | in total |
| 10 | 澳洲 | Àozhōu | Australia |

## 三、練習的解答
liànxí de jiědá

1. B　2. A　3. D　4. C　5. C

# 38 寵物
chǒngwù

## 一、對話
duì huà

小　俊：小　萱，你家有養　寵物　嗎？
Xiǎo Jùn:  Xiǎo Xuān,  nǐ  jiā yǒu yǎng chǒngwù ma?

小　萱：有啊！養了　兩　隻。
Xiǎo Xuān: Yǒu a!  Yǎngle liǎng zhī.

小　俊：兩　隻？都是　小　狗嗎？
Xiǎo Jùn: Liǎng zhī?  Dōu shì xiǎo gǒu ma?

小　萱：不是。我　養了一隻　小　狗　和一　隻　小　兔子。
Xiǎo Xuān:  Búshì.  Wǒ yǎngle yì zhī xiǎo gǒu hàn yì  zhī xiǎo  tùzi.

小　俊：爲什麼　你會　選擇　養　這　兩　種　動物　呢？
Xiǎo Jùn: Wèishénme nǐ huì xuǎnzé yǎng zhè liǎng zhǒng dòngwù ne?

小　萱：因爲　牠們　很　可愛也　很　聰明。
Xiǎo Xuān:  Yīnwèi tāmen hěn  kěài  yě hěn cōngmíng.

小　俊：那牠們　是　什麼　顏色的？
Xiǎo Jùn:  Nà tāmen shì shénme yánsè de?

小　萱：我家　小　狗　是咖啡色的。
Xiǎo Xuān:  Wǒjiā xiǎo gǒu shì  kāfēisè  de.

小　俊：那　小兔子呢？
Xiǎo Jùn:  Nà xiǎo tùzi  ne?

小　萱：小兔子是白色的。你呢，小　俊？你　有　養
Xiǎo Xuān: Xiǎo tùzi  shì báisè de.  Nǐ ne,  Xiǎo Jùn?  Nǐ  yǒu yǎng

什麼　寵物　嗎？
shénme chǒngwù ma?

小　俊：我　沒有，因爲我　最喜歡的動物　沒辦法　養
Xiǎo Jùn: Wǒ méiyǒu, yīnwèi wǒ zuì xǐhuān de dòngwù měi bànfǎ yǎng

在家裡。
zài jiā lǐ.

小　萱：爲什麼　沒辦法？
Xiǎo Xuān: Wèishénme méi bànfǎ?

小　俊：因爲我最喜歡獅子！
Xiǎo Jùn: Yīnwèi wǒ zuì xǐhuān shīzi!

小　萱：獅子？那眞的　不能　養　在家裡！
Xiǎo Xuān: Shīzi? Nà zhēnde bùnéng yǎng zài jiālǐ!

小　俊：對啊！所以如果要　養　寵物　的話，我　應該
Xiǎo Jùn: Duì a! Suǒyǐ rúguǒ yào yǎng chǒngwù dehuà, wǒ yīnggāi

會　養　跟獅子很　像　的貓咪。
huì yǎng gēn shīzi hěn xiàng de māomī.

小　萱：好主意！
Xiǎo Xuān: Hǎo zhǔyì!

## 二、生詞
shēng cí

| | 生詞 | 漢語拼音 | 文意解釋 |
|---|---|---|---|
| 1 | 養 | yǎng | keep (pets) |
| 2 | 寵物 | chǒngwù | pet |
| 3 | 動物 | dòngwù | animal |

| | 生詞 | 漢語拼音 | 文意解釋 |
|---|---|---|---|
| 4 | 狗 | gǒu | dog |
| 5 | 兔子 | tùzi | rabbit |
| 6 | 可愛 | kěài | cute |
| 7 | 聰明 | cōngmíng | intelligent |
| 8 | 顏色 | yánsè | color |
| 9 | 獅子 | shīzi | lion |
| 10 | 貓 | māo | cat |

## 三、練習的解答
liànxí de jiědá

1. B　2. C　3. D　4. D　5. A

# 39 紅包
hóngbāo

## 一、對話
duì huà

小 芹：小 敏，新年 快樂！
Xiǎo Qín: Xiǎo Mǐn, xīnnián kuàilè!

小 敏：新年 快樂，小 芹！
Xiǎo Mǐn: Xīnnián kuàilè, Xiǎo Qín!

小 芹：你今年 有 收 到 紅包 嗎？
Xiǎo Qín: Nǐ jīnnián yǒu shōu dào hóngbāo ma?

小 敏：有啊，我 奶奶包了一個大 紅包 給 我！
Xiǎo Mǐn: Yǒu a, wǒ nǎinai bāole yíge dà hóngbāo gěi wǒ!

小 芹：眞 羨慕！你 打算 怎麼 用 這筆錢？
Xiǎo Qín: zhēn xiànmù! Nǐ dǎsuàn zěnme yòng zhè bǐ qián?

小 敏：我 打算 買一 張 機票。
Xiǎo Mǐn: Wǒ dǎsuàn mǎi yì zhāng jīpiào.

小 芹：機票？去哪裡？
Xiǎo Qín: Jīpiào? Qù nǎlǐ?

小 敏：去巴黎，因爲我 從來 沒 看過 巴黎鐵塔。
Xiǎo Mǐn: Qù Bālí, yīnwèi wǒ cónglái méi kànguò Bālí tiětǎ.

小 芹：我 也 沒 看過！
Xiǎo Qín: Wǒ yě méi kànguò!

小 敏：你呢，小 芹？有 收 到 紅包 嗎？
Xiǎo Mǐn: Nǐ ne, Xiǎo Qín? Yǒu shōu dào hóngbāo ma?

小　芹：有啊，不過我 目前不 打算 花 掉。
Xiǎo Qín: Yǒu a, búguò wǒ mùqián bù dǎsuàn huā diào.

小　敏：你要 存起來？
Xiǎo Mǐn: Nǐ yào cún qǐlái?

小　芹：對呀，我 最近在 存 錢。
Xiǎo Qín: Duì ya, wǒ zuìjìn zài cún qián.

小　敏：爲什麼？
Xiǎo Mǐn: Wèishénme?

小　芹：因爲我之後 想換 一臺新 電腦，不過 錢 還不夠。
Xiǎo Qín: Yīnwèi wǒ zhīhòu xiǎnghuàn yìtái xīn diànnǎo, búguò qián hái búgòu.

小　敏：你還需要 多少 錢 呀？
Xiǎo Mǐn: Nǐ hái xūyào duōshǎo qián ya?

小　芹：我還差 兩 千 塊。
Xiǎo Qín: Wǒ hái chà liǎng qiān kuài.

小　敏：再努力一下下就 能 存 到了！加油！
Xiǎo Mǐn: Zài nǔlì yíxià xià jiù néng cún dàole! Jiāyóu!

## 二、生詞
shēng cí

| | 生詞 | 漢語拼音 | 文意解釋 |
|---|---|---|---|
| 1 | 新年快樂 | xīnnián kuàilè | Happy New Year! |
| 2 | 紅包 | hóngbāo | red envelope |
| 3 | 羡慕 | xiànmù | to envy |

| | 生詞 | 漢語拼音 | 文意解釋 |
|---|---|---|---|
| 4 | 打算 | dăsuàn | to plan |
| 5 | 機票 | jīpiào | airplane ticket |
| 6 | 目前 | mùqián | currently |
| 7 | 存錢 | cún qián | to save money |
| 8 | 電腦 | diànnăo | computer |
| 9 | 努力 | nŭlì | to try hard |

## 三、練習的解答 liànxí de jiĕdá

1. B 2. C 3. B 4. C 5. A

# 40 交通 工具
jiāotōng gōngjù

## 一、對話
duì huà

小 威：小 廷，你 通常 喜歡 坐 什麼 交通 工具
Xiǎo Wēi: Xiǎo Tíng, nǐ tōngcháng xǐhuān zuò shénme jiāotōng gōngjù

旅行？
lǚxíng?

小 廷：我 喜歡 坐 火車。
Xiǎo Tíng: Wǒ xǐhuān zuò huǒchē.

小 威：火車？爲什麼？
Xiǎo Wēi: Huǒchē? Wèishénme?

小 廷：因爲 坐 火車可以看 窗外 美麗的 風景。
Xiǎo Tíng: Yīnwèi zuò huǒchē kěyǐ kàn chuāngwài měilìde fēngjǐng.

你呢，小 威？
Nǐ ne, Xiǎo Wēi?

小 威：我 喜歡 坐 飛機，因爲可以看到 空中
Xiǎo Wēi: Wǒ xǐhuān zuò fēijī, yīnwèi kěyǐ kàndào kōngzhōng

大大小小 的 雲。
dàdà-xiǎoxiǎo de yún.

小 廷：的確。那 有 什麼 是你不喜歡 坐 的嗎？
Xiǎo Tíng: Díquè. Nà yǒu shénme shì nǐ bù xǐhuān zuò de ma?

小 威：有啊！我不喜歡 坐 船，因爲 晃 來 晃 去
Xiǎo Wēi: Yǒu a! Wǒ bù xǐhuān zuò chuán, yīnwèi huàng lái huàng qù

的，會讓人感到不舒服。
de, huì ràng rén gǎndào bù shūfú.

小　廷：我也是！而且我會頭暈！
Xiǎo Tíng: Wǒ yěshì! Érqiě wǒ huì tóuyūn!

小　威：不過說到交通工具，有一個是我特別想坐的。
Xiǎo Wēi: Búguò shuō dào jiāotōng gōngjù, yǒu yíge shì wǒ tèbié xiǎng zuò de.

小　廷：是哪個？
Xiǎo Tíng: Shì nǎge?

小　威：是雙層巴士！就是英國有的那種。
Xiǎo Wēi: Shì shuāng céng bāshì! Jiùshì Yīngguó yǒu de nà zhǒng.

小　廷：我知道，是紅色的。
Xiǎo Tíng: Wǒ zhīdào, shì hóngsè de.

小　威：沒錯，就是那個！
Xiǎo Wēi: Méicuò, jiùshì nàge!

小　廷：嗯，有機會我也想坐坐看！
Xiǎo Tíng: En, yǒu jīhuì wǒ yě xiǎng zuò zuò kàn!

## 二、生詞
shēng cí

| | 生詞 | 漢語拼音 | 文意解釋 |
|---|---|---|---|
| 1 | 交通工具 | jiāotōng gōngjù | transportation |
| 2 | 火車 | huǒchē | train |
| 3 | 風景 | fēngjǐng | landscape |

| | 生詞 | 漢語拼音 | 文意解釋 |
|---|---|---|---|
| 4 | 飛機 | fēijī | airplane |
| 5 | 雲 | yún | cloud |
| 6 | 船 | chuán | boat, ship |
| 7 | 晃 | huàng | to roll |
| 8 | 頭暈 | tóuyūn | dizzy |
| 9 | 特別 | tèbié | especially |
| 10 | 雙層巴士 | shuāng céng bāshì | double-decker bus |

1. C　2. A　3. A　4. B　5. D

# 41 買 飲料

Mǎi yǐnliào

## 一、對話

duì huà

大 雄：小 明，你今天 想 喝 什麼？我 請 你！

Dà Xióng: Xiǎo Míng, nǐ jīntiān xiǎng hē shénme? Wǒ qǐng nǐ!

小 明：謝啦，那，大 雄，我就 不客氣 了！我 要 一杯 冰紅茶。

Xiǎo Míng: Xiè la, nà, Dà Xióng, wǒ jiù bú kèqì le! Wǒ yào yìbēi bīnghóngchá.

大 雄：你 要 大杯 還是 小杯？

Dà Xióng: Nǐ yào dàbēi háishì xiǎobēi?

小 明：我 才 剛 吃 飽，小杯的 就 好。

Xiǎo Míng: Wǒ cái gāng chī bǎo, xiǎobēide jiù hǎo.

大 雄：眞的 只要 小 杯的 嗎？

Dà Xióng: Zhēnde zhǐyào xiǎo bēi de ma?

小 明：眞的 啦，小 杯 就 好。

Xiǎo Míng: Zhēnde la, xiǎo bēi jiù hǎo.

大 雄（對 店員 説）：麻煩 你，我 要 一杯 小的 冰紅茶 和 一杯 中杯的 熱奶茶。

Dà Xióng (duì diànyuán shuō): Máfán nǐ, wǒ yào yìbēi xiǎode bīnghóngchá hàn yìbēi zhōngbēide rènǎichá.

店員：好 的！這樣 一共 是 六十 元。

diànyuán: Hǎo de! Zhèyàng yígòng shì liùshí yuán.

大　雄：請　等一下！我　想　再買一杯 飲料。小　明，
Dà Xióng: Qǐng děng yíxià!　Wǒ xiǎng zài mǎi yìbēi yǐnliào.　Xiǎo Míng,

你記得老師　平常　喝 什麼　嗎？
nǐ jìdé lǎoshī píngcháng hē shénme ma?

小　明：嗯，我 記得他　平常　都 喝 冰 咖啡。
Xiǎo Míng: En,　wǒ jìde tā píngcháng dōu hē bīng kāfēi.

大　雄：（對　店員　說）不好意思，那麻煩 你再加一杯
Dà Xióng: (duì diànyuán shuō)　Bùhǎoyìsi,　nà máfán nǐ zài jiā yìbēi

中杯　的 冰咖啡。
zhōngbēi de bīngkāfēi.

店員：沒 問題！三杯 飲料，這樣　總共　是九十五 元。
diànyuán: Méi wèntí!　Sānbēi yǐnliào, zhèyàng zǒnggòng shì jiǔshíwǔ yuán

大　雄：我 這裡 剛好　有 九十五 元。
Dà Xióng: Wǒ zhèlǐ gānghǎo yǒu jiǔshíwǔ yuán.

店員：謝謝，請　您　等　一下。
diànyuán: Xièxie,　qǐng nín děng yíxià.

小　明：大　雄，下次 換　我　請你！
Xiǎo Míng: Dà Xióng,　xiàcì huàn wǒ qǐng nǐ!

大　雄：好呵，先 謝謝啦！
Dà Xióng: Hǎo ō,　xiān xièxie la!

店員：這　是 您的 飲料，歡迎　下次再來！
diànyuán: Zhè shì nínde yǐnliào, huānyíng xiàcì zài lái!

## 二、生詞
shēng cí

| | 生詞 | 漢語拼音 | 文義解釋 |
|---|---|---|---|
| 1 | 請 | qǐng | to treat (to a meal etc) |
| 2 | 杯 | bēi | classifier for certain containers of liquids: glass, cup |
| 3 | 冰 | bīng | iced |
| 4 | 紅茶 | hóngchá | black tea |
| 5 | 熱 | rè | hot |
| 6 | 奶茶 | nǎichá | milk tea |
| 7 | 總共 | zǒnggòng | in total |
| 8 | 飲料 | yǐnliào | beverage |
| 9 | 平常 | píngcháng | usually |
| 10 | 咖啡 | kāfēi | coffee |

## 三、練習的解答
liànxí de jiědá

1. A　2. B　3. C　4. B　5. D

# 42 叫 外賣
jiào wàimài

## 一、對話
duì huà

先生：老婆，我們 今天 晚飯 叫 外賣 好 不好？
xiānshēng: Lǎopó, wǒmen jīntiān wǎnfàn jiào wàimài hǎo bùhǎo?

太太：好 啊！老公，你 想 吃 什麼？漢堡 還是披薩？
tàitai: Hǎo a! Lǎogōng, nǐ xiǎng chī shénme? Hànbǎo háishì pīsà?

先生：這些 我 都 不想 吃。
xiānshēng: Zhèxiē wǒ doū bùxiǎng chī.

太太：爲什麼？你 平常 最 喜歡 吃這些 了。
tàitai: Wèishénme? Nǐ píngcháng zuì xǐhuān chī zhèxiē le.

先生：因爲 我們 公司 開會 加 慶生，已經 連續 兩天 吃 披薩 了。今天 我 想 吃 中國 餐。
xiānshēng: Yīnwèi wǒmen gōngsī kāihuì jiā qìngshēng, yǐjīng liánxù liǎngtiān chī pīsà le. Jīntiān wǒ xiǎng chī Zhōngguó cān.

太太：可以 啊！那 吃 什麼 好 呢？
tàitai: Kěyǐ a! Nà chī shénme hǎo ne?

先生：我們 吃 水餃 好 不好？
xiānshēng: Wǒmen chī shuǐjiǎo hǎo bùhǎo?

太太：好 啊。我們 叫 兩份 嗎？
tàitai: Hǎo a. Wǒmen jiào liǎngfèn ma?

先生：我 現在 肚子 很 餓，我 覺得 我們 可以 叫 四份。
xiānshēng: Wǒ xiànzài dùzi hěn è, wǒ juéde wǒmen kěyǐ jiào sì fèn.

太太：四份？太多啦！
tàitai: Sì fèn? Tài duō la!

先生：不會，我們就叫兩份水餃，兩份
xiānshēng: Bú huì, wǒmen jiù jiào liǎng fèn shuǐjiǎo, liǎng fèn

鍋貼，如何？
guōtiē, rúhé?

太太：我今天不想吃鍋貼，我們叫三份就夠了，
tàitai: Wǒ jīntiān bùxiǎng chī guōtiē, wǒmen jiào sān fèn jiù gòule,

兩份水餃，一份鍋貼，如何？
liǎng fèn shuǐjiǎo, yí fèn guōtiē, rúhé?

先生：好吧！那我晚點打電話。
xiānshēng: Hǎo ba! Nà wǒ wǎn diǎn dǎ diànhuà.

## 二、生詞
shēng cí

| | 生詞 | 漢語拼音 | 文義解釋 |
|---|---|---|---|
| 1 | 晚飯 | wǎnfàn | dinner |
| 2 | 外賣 | wàimài | food delivery |
| 3 | 漢堡 | hànbǎo | hamburger |
| 4 | 披薩 | pīsà | pizza |
| 5 | 連續 | liánxù | in a row, consecutive |
| 6 | 中國餐 | Zhōngguó cān | Chinese food |
| 7 | 水餃 | shuǐjiǎo | dumplings |
| 8 | 份 | fèn | portion |
| 9 | 餓 | è | hungry |
| 10 | 夠 | gòu | enough |

## 三、練習的解答
liànxí de jiědá

1. B　2. A　3. B　4. A　5. C

# 43 牙醫
yáyī

## 一、對話
duìhuà

張 祕書：您 好！有 什麼 我 可以 幫 您 的 嗎？
Zhāng mìshū: Nín hǎo! Yǒu shénme wǒ kěyǐ bāng nín de ma?

李 先生：您 好，我 昨晚 臨時 牙痛，想 請 醫生 幫 我 看 一下。
Lǐ xiānshēng: Nín hǎo, wǒ zuówǎn línshí yátòng, xiǎng qǐng yīshēng bāng wǒ kàn yíxià.

張 祕書：今天 人 比較 多，可能 沒 辦法。不知道 您 明天 早上 十 點 可以 嗎？
Zhāng mìshū: Jīntiān rén bǐjiào duō, kěnéng méi bànfǎ. Bùzhīdào nín míngtiān zǎoshàng shí diǎn kěyǐ ma?

李 先生：明天 早上 我 要 上班，沒 辦法。下午 呢
Lǐ xiānshēng: Míngtiān zǎoshàng wǒ yào shàngbān, méi bànfǎ. Xiàwǔ ne?

張 祕書：下午 沒 辦法，全 滿 了。那 您 明天 晚上 方便 嗎？
Zhāng mìshū: Xiàwǔ méi bànfǎ, quán mǎn le. Nà nín míngtiān wǎnshà fāngbiàn ma?

李 先生：明天 晚上 可以，七點 之後 都可以，麻煩 您 了。
Lǐ xiānshēng: Míngtiān wǎnshàng kěyǐ, qīdiǎn zhīhòu dōu kěyǐ, máfán nín le.

張　祕書：我 看 一下，那 明天　晚上　八點半，
Zhāng mìshū:　Wǒ kàn yíxià,　nà míngtiān wǎnshàng bādiǎnbàn,

可以 嗎？
kěyǐ ma?

李 先生：沒 問題！這個 時間　剛好。
Lǐ xiānshēng: Méi wèntí!　Zhège shíjiān gānghǎo.

張　祕書：好 的，那到 時候 麻煩 提早 五分鐘　到。
Zhāng mìshū:　Hǎo de,　nà dàoshíhòu máfán tízǎo wǔfēnzhōng dào.

您 在 我們 這裡 有 留 過 資料 嗎？
Nín zài wǒmen zhèlǐ yǒu liú guò zīliào ma?

李 先生：沒有，這是 我第一次來。
Lǐ xiānshēng: Méiyǒu, zhè shì wǒ dì-yī cì lái.

張　祕書：那 麻煩　幫 我填 一下資料。
zhāng mìshū:　Nà máfán bāng wǒ tián yíxià zīliào.

李 先生：好 的！
Lǐ xiānshēng: Hǎo de!

## 二、生詞
shēng cí

| | 生詞 | 漢語拼音 | 文義解釋 |
|---|---|---|---|
| 1 | 醫生 | yīshēng | doctor |
| 2 | 牙齒痛 | yáchǐtòng | toothache |
| 3 | 上班 | shàngbān | to go to work |
| 4 | 剛好 | gānghǎo | just right |
| 5 | 提早 | tízǎo | in advance |

## 三、練習的解答
liànxí de jiědá

1. C　2. A　3. A　4. D　5. C

# 44 親戚
qīnqī

## 一、對話
duì huà

小　瑜：小茹，好久不見！你暑假過得怎麼樣？
Xiǎo Yú: Xiǎo Rú, hǎojiǔ bùjiàn! Nǐ shǔjià guò de zěnmeyàng?

小　茹：我暑假什麼都沒做，只待在家寫暑假作業。小瑜，你呢？
Xiǎo Rú: Wǒ shǔjià shénmedōu méizuò, zhǐ dāi zài jiā xiě shǔjià zuòyè. Xiǎo Yú, nǐ ne?

小　瑜：我阿姨從紐約回來看我們。
Xiǎo Yú: Wǒ āyí cóng Niǔyuē huílái kàn wǒmen.

小　茹：紐約！好遠呵！只有你阿姨一個人回來嗎？
Xiǎo Rú: Niǔyuē! Hǎo yuǎn ō! Zhǐyǒu nǐ āyí yígerén huílái ma?

小　瑜：我阿姨還帶了我外婆和她女兒回來，一共三個人。她們現在全都住在我家，超級熱鬧的。
Xiǎo Yú: Wǒ āyí hái dàile wǒ wàipó hàn tā nǚer huílái, yígòng sānge rén. Tāmen xiànzài quán dōu zhù zài wǒ jiā, chāojí rènào de.

小　茹：你阿姨的小孩？那就是你表妹。
Xiǎo Rú: Nǐ āyí de xiǎohái? Nà jiùshì nǐ biǎomèi.

小 瑜：沒錯，正 是 我 表妹，超 可愛的，這幾天
Xiǎo Yú: Méicuò, zhèng shì wǒ biǎomèi, chāo kěài de, zhè jǐtiān

我們 天天 玩 在 一起。
wǒmen tiāntiān wán zài yìqǐ.

小 茹：她幾歲啊？會 講 中文 嗎？
Xiǎo Rú: Tā jǐ suìa? Huì jiǎng Zhōngwén ma?

小 瑜：她才 兩歲！是 個 小小 混血兒！由於 我阿姨
Xiǎo Yú: Tā cái liǎngsuì! Shì ge xiǎoxiǎo hùnxiěér! Yóuyú wǒ āyí

都 跟她 說 中文，所以她會 聽 也 會 說。
dōu gēn tā shuō Zhōngwén, suǒyǐ tā huì tīng yě huì shuō.

小 茹：聽 你 這麼 一說，我 還 眞 想 看看 這個
Xiǎo Rú: Tīng nǐ zhème yìshuō, wǒ hái zhēn xiǎng kànkàn zhège

小可愛。
xiǎokěài.

小 瑜：歡迎 歡迎。她們 下 個 星期五 才 走。
Xiǎo Yú: Huānyíng huānyíng. Tāmen xià ge xīngqíwǔ cái zǒu.

小 茹：那 我 星期五 過去 看看 這個 可愛的 小妹妹，
Xiǎo Rú: Nà wǒ xīngqíwǔ guòqù kànkàn zhège kěài de xiǎomèimei,

如何？
rúhé?

小 瑜：好 啊，等 你呵！
Xiǎo Yú: Hǎo a, děng nǐ ō!

## 二、生詞
shēng cí

| | 生詞 | 漢語拼音 | 文義解釋 |
|---|---|---|---|
| 1 | 親戚 | qīnqī | relative |
| 2 | 暑假 | shǔjià | summer vacation |
| 3 | 總共 | zǒnggòng | in total |
| 4 | 外婆 | wàipó | maternal grandmother |
| 5 | 阿姨 | āyí | maternal aunt |
| 6 | 女兒 | nǚér | daughter |
| 7 | 堂妹 | tángmèi | younger female cousin (sharing paternal grandfather) |
| 8 | 表妹 | biǎomèi | younger female cousin |
| 9 | 可愛 | kěài | cute |
| 10 | 認識 | rènshì | to meet, to know |

## 三、練習的解答
liànxí de jiědá

1. A　2. C　3. D　4. B　5. B

# 45 買 鞋子
mǎi xiézi

## 一、對話
duì huà

店員：您 好！請問 有 什麼 可以 幫 您 的 嗎？
diànyuán: Nín hǎo! Qǐngwèn yǒu shénme kěyǐ bāng nín de ma?

顧客：你 好！我 想 要 買 一 雙 鞋。
gùkè: Nǐ hǎo! Wǒ xiǎng yào mǎi yì shuāng xié.

店員：是 您 自己 要 穿 的 嗎？
diànyuán: Shì nín zìjǐ yào chuān de ma?

顧客：是 的。
gùkè: Shì de.

店員：這樣 的話，請 跟 我 來，男鞋 在 那邊。不知道
diànyuán: Zhèyàng dehuà, qǐng gēn wǒ lái, nánxié zài nàbiān. Bùzhīdào

您 有 沒有 特別 喜歡 什麼 顏色 或 款式？
nín yǒu méiyǒu tèbié xǐhuān shénme yánsè huò kuǎnshì?

顧客：我 想 買 深色的皮鞋，黑色或咖啡色的，
gùkè: Wǒ xiǎng mǎi shēnsè de píxié, hēisè huò kāfēisè de,

這樣 上班 穿 感覺 比較 正式。
zhèyàng shàngbān chuān gǎnjué bǐjiào zhèngshì.

店員：了解。那可以看看 這邊 的 鞋子，如果 有
diànyuán: Liǎojiě. Nà kěyǐ kànkàn zhèbiān de xiézi, rúguǒ yǒu

喜歡 的 再 跟 我 說。我 拿 給 您 試穿。
xǐhuān de zài gēn wǒ shuō. Wǒ ná gěi nín shìchuān.

顧客：我 想 試試這 一雙。
gùkè: Wǒ xiǎng shìshì zhè yìshuāng.

店員：沒 問題！請問，您 穿 幾號？
diànyuán: Méi wèntí! Qǐngwèn, nín chuān jǐhào?

顧客：我 穿 36 號。
gùkè: Wǒ chuān 36 hào.

店員：好的，請 等一下。（過 一會兒）我 幫 您拿
diànyuán: Hǎode, qǐng děngyíxià. (Guò yìhuǐr) Wǒ bāng nín ná

了兩 雙，一雙 黑色、一雙 咖啡色，您都
le liǎng shuāng, yìshuāng hēisè, yìshuāng kāfēisè, nín dōu

可以 穿穿看。
kěyǐ chuānchuānkàn.

顧客：嗯，我 覺得咖啡色的比較 好看，而且大小 也
gùkè: En, wǒ juéde kāfēisè de bǐjiào hǎokàn, érqiě dàxiǎo yě

剛好。 這雙 要 多少 錢？
gānghǎo. Zhèshuāng yào duōshǎo qián?

店員：這 雙 現在 剛好 有 打折，只要 一千五。
diànyuán: Zhè shuāng xiànzài gānghǎo yǒu dǎzhé, zhǐyào yìqiānwǔ.

顧客：太好了，那我就買 這 雙。一千五 給 你。
gùkè: Tàihǎole, nà wǒ jiù mǎi zhè shuāng. Yìqiānwǔ gěi nǐ.

店員： 收 您 一千 五，謝謝。歡迎 下次再來！
diànyuán: Shōu nín yìqiān wǔ, xièxie. Huānyíng xiàcì zài lái!

## 二、生詞
shēng cí

| | 生詞 | 漢語拼音 | 文義解釋 |
|---|---|---|---|
| 1 | 鞋子 | xiézi | shoes |
| 2 | 穿 | chuān | to wear |
| 3 | 顏色 | yánsè | color |
| 4 | 上班 | shàngbān | to go to work |
| 5 | 黑色 | hēisè | black |
| 6 | 咖啡色 | kāfēisè | brown |
| 7 | 試 | shì | try |
| 8 | 號 | hào | number |
| 9 | 覺得 | juéde | to think |
| 10 | 雙 | shuāng | pair |

## 三、練習的解答
liànxí de jiědá

1. C　2. C　3. C　4. D　5. D

# 46 訂 餐廳
dìng cāntīng

## 一、對話
duì huà

（電話）
(diànhuà)

店員：喂？您好！這裡 是 天天 餐廳，請問，有
diànyuán: Wéi? Nínhǎo! Zhèlǐ shì Tiāntiān cāntīng, qǐngwèn, yǒu

什麼可以 幫 您 的 嗎？
shénme kěyǐ bāng nín de ma?

顧客：你好！我 想 訂位。
gùkè: Nǐhǎo! Wǒ xiǎng dìngwèi.

店員：訂 什麼 時候 的呢？
diànyuán: Dìng shénme shíhòu de ne?

顧客：訂 明天 晚上。
gùkè: Dìng míngtiān wǎnshàng.

店員：明天 晚上 幾 點 呢？
diànyuán: Míngtiān wǎnshàng jǐ diǎn ne?

顧客：七 點。
gùkè: Qī diǎn.

店員：請問 一共幾位 呢？
diànyuán: Qǐngwèn yígòng jǐ wèi ne?

顧客：我們 七個 人，五 大 兩 小。
gùkè: Wǒmen qī ge rén, wǔ dà liǎng xiǎo.

店員：了解，七位，明天　晚上 七點，沒問題。那
diànyuán: Liǎojiě, qīwèi, míngtiān wǎnshàng qīdiǎn, méi wèntí. Nà

請問 有 需要 兒童 椅 嗎？
qǐngwèn yǒu xūyào értóng yǐ ma?

顧客：要，麻煩 幫 我們 準備 一個就可以了。
gùkè: Yào, máfán bāng wǒmen zhǔnbèi yíge jiù kěyǐ le.

店員： 請問 您 貴姓？
diànyuán: Qǐngwèn nín guìxìng?

顧客：我 姓 李。
gùkè: Wǒ xìng Lǐ.

店員：李 先生，麻煩留下您的 電話 號碼。
diànyuán: Lǐ xiānshēng, máfán liúxià nínde diànhuà hàomǎ.

顧客：沒 問題。我的 電話 號碼 是0933814217。
gùkè: Méi wèntí. Wǒde diànhuà hàomǎ shì 0933814217.

店員：0933814217，對嗎？
diànyuán: 0933814217, duìma?

顧客：沒錯。
gùkè: Méicuò.

店員：好的，那我再 跟 您 確認 一下。明天　晚上
diànyuán: Hǎo de, nà wǒ zài gēn nín quèrèn yíxià. Míngtiān wǎnshang

七點，五 大 兩 小，只要 一 張 兒童椅，對嗎？
qīdiǎn, wǔ dà liǎng xiǎo, zhǐyào yì zhāng értóngyǐ, duìma?

顧客：沒錯，再 麻煩 你 了。
gùkè: Méicuò, zài máfán nǐ le.

店員：不會。謝謝 您，再見。
diànyuán: Búhuì. Xièxie nín, zàijiàn.

## 二、生詞 shēng cí

| | 生詞 | 漢語拼音 | 文義解釋 |
|---|---|---|---|
| 1 | 餐廳 | canting | restaurant |
| 2 | 訂位 | dìngwèi | to reserve, reservation |
| 3 | 總共 | zǒnggòng | in total |
| 4 | 包括 | bāokuò | to include |
| 5 | 小孩 | xiǎohái | child |
| 6 | 請問您貴姓？ | Qǐngwèn nín guìxìng? | May I have your last name, please? |
| 7 | 日期 | rìqí | date |
| 8 | 時間 | shíjiān | time |
| 9 | 聯絡 | liánluò | to contact |
| 10 | 確認 | quèrèn | to confirm |

## 三、練習的解答 liànxí de jiědá

1. C　2. B　3. B　4. B　5. D

# 47 在 醫院
zài yīyuàn

## 一、對話
duì huà

小　華：小 麗，是你 嗎？
Xiǎo Huá: Xiǎo Lì, shì nǐ ma?

小麗：哇，小 華，好久 不見！沒想到 會 在這裡
Xiao Li: Wa, Xiǎo Huá, hǎojiǔ bújiàn! Méixiǎngdào huì zàizhèlǐ

遇見 你！
yùjiàn nǐ!

小　華：是啊，眞 沒想到！我們 有 幾年 沒見 啦？
Xiǎo Huá: Shì a, zhēn méixiǎngdào! Wǒmen yǒu jǐnián méijiàn la?

小麗：自從 你 換 了 工作 後，差不多 有 六年 了吧。
Xiǎo Lì: Zìcóng nǐ huàn le gōngzuò hòu, chābùduō yǒu liùnián le ba.

小　華：時間 過得 眞快，都 六年 了！
Xiǎo Huá: Shíjiān guòde zhēnkuài, dōu liùnián le!

小麗：是啊，不過你 怎麼 會 來醫院？你哪裡不舒服嗎？
Xiǎo Lì: Shì a, búguò nǐ zěnme huì lái yīyuàn? Nǐ nǎlǐ bùshūfú ma?

小　華：不是，我 來醫院 是 因爲 我 媳婦 今天 剛生！
Xiǎo Huá: Búshì, wǒ lái yīyuàn shì yīnwèi wǒ xífù jīntiān gāngshēng!

我要 當 奶奶了，眞是 太 開心 了！
wǒ yào dāng nǎinai le, zhēnshì tài kāixīn le!

小麗：今天 剛生，也 太巧 了吧！恭喜 恭喜！
Xiǎo Lì: Jīntiān gāngshēng, yě tàiqiǎo le ba! Gōngxǐ gōngxǐ!

小　華：謝謝！謝謝！那你呢？你 爲什麼 在這裡？
Xiǎo Huá:　Xièxie!　Xièxie!　Nà nǐ ne?　Nǐ wèishénme zài zhèlǐ?

小 麗：我 剛 不是 說 也 太巧 了 嗎！正是 因爲 我
Xiǎo Lì:　Wǒ gāng búshì shuō yě tàiqiǎo le ma! Zhèngshì yīnwèi wǒ

女兒 也是 今天 早上 剛 生 小娃娃，我
nǚér yěshì jīntiān zǎoshàng gāng shēng xiǎowáwa,　wǒ

也是 來 看 孫子 的。
yěshì lái kàn sūnzi de.

小　華：恭喜 恭喜！沒想到 這 兩 個 孩子 同一天
Xiǎo Huá:　Gōngxǐ gōngxǐ! Méixiǎngdào zhè liǎng ge háizi tóngyìtiān

出生，以後 我們 兩家 還能 一起 慶生 呢！
chūshēng, yǐhòu wǒmen liǎngjiā háinéng yìqǐ qìngshēng ne!

小 麗：對啊，眞是 太神奇了！所以 你 也是 要 到
Xiǎo Lì:　Duì a,　zhēnshì tàishénqíle!　Suǒyǐ nǐ yěshì yào dào

五樓 嗎？
wǔlóu ma?

小　華：是啊。
Xiǎo Huá:　Shì a.

小 麗：那 剛好！電梯 來了，我們 一起 上去 吧！
Xiǎo Lì:　Nà gānghǎo! Diàntī lái le,　wǒmen yìqǐ shàngqù ba!

小　華：嗯，走吧！
Xiǎo Huá:　En,　zǒu ba!

## 二、生詞 shēng cí

| | 生詞 | 漢語拼音 | 文義解釋 |
|---|---|---|---|
| 1 | 醫院 | yīyuàn | hospital |
| 2 | 不舒服 | bù shūfú | feeling ill |
| 3 | 兒子 | érzi | son |
| 4 | 出生 | chūshēng | to be born |
| 5 | 興奮 | xīngfèn | excited |
| 6 | 恭喜 | gōngxǐ | congratulations |
| 7 | 朋友 | péngyǒu | friend |
| 8 | 女兒 | nǚér | daughter |
| 9 | 巧 | qiǎo | coincidentally |
| 10 | 電梯 | diàntī | elevator |

## 三、練習的解答 liànxí de jiědá

1. A　2. B　3. A　4. B　5. D

# 48 警局 報案
jǐngjú bàoàn

## 一、對話
duì huà

女人：警察 先生，你好！求求你 幫幫 我。
nǚrén: Jǐngchá xiānshēng, nǐhǎo! Qiúqiú nǐ bāngbāng wǒ.

男人：奶奶，怎麼了？您 慢慢 說。
nánrén: Nǎinai, zěnmele? nín mànmàn shuō.

女人：我 孫女 不見了！她 剛剛 還在 這裡 的。我 一轉 頭 她 就 不見 了。這 該 怎麼辦？
nǚrén: Wǒ sūnnǚ bújiàn le! Tā gānggāng háizài zhèlǐ de. Wǒ yìzhuǎn tóu tā jiù bújiàn le. Zhè gāi zěnmebàn?

男人：奶奶，您 別急。小妹妹 多大？多高？ 穿 什麼 樣 的 衣服？
Nánrén: Nǎinai, nín biéjí. Xiǎomèimei duōdà? Duōgāo? Chuān shénme yàng de yīfú?

女人：她 今年 五歲，大概 這麼 高，大概 到 我 大腿 這。
nǚrén: Tā jīnnián wǔsuì, dàgài zhème gāo, dàgài dào wǒ dàtuǐ zhè.

男人：那她 穿著 什麼 顏色的 衣服？
nánrén: Nà tā chuānzhe shénme yánsè de yīfú?

女人：她今天 穿 藍色 上衣 和 白色的 裙子。警察 先生，你 一定 要 幫 我 找到 她！
nǚrén: Tā jīntiān chuān lánsè shàngyī hàn báisède qúnzi. Jǐngchá xiānsheng, nǐ yídìng yào bāng wǒ zhǎodào tā!

男人：您別急，一定 會 找到 的。你們 是 在哪裡走散
nánrén: Nín biéjí, yídìng huì zhǎodào de. Nǐmen shì zài nǎlǐ zǒusàn

的？
de?

女人：我們 剛到 對面的 超市 買菜，出來 時，
nǚrén: Wǒmen gāngdào duìmiànde chāoshì mǎicài, chūlái shí,

因爲 我 忘了 買 雞蛋，所以我 要 她 在 門口
yīnwèi wǒ wàngle mǎi jīdàn, suǒyǐ wǒ yào tā zài ménkǒu

等 我 一下，結果 我一出來 就發現她 不見了。
děng wǒ yíxià, jiéguǒ wǒ yì chūlái jiù fāxiàn tā bújiàn le.

男人：好，您 先 別急。我 來 幫您 找。請 您 先 在這裡
nánrén: Hǎo, nín xiān biéjí. Wǒ lái bāngnín zhǎo. Qǐng nín xiān zài zhèlǐ

坐一下，這一位 員警 會 問 您 一些問題，請 您
zuòyíxià, zhè yíwèi yuánjǐng huì wèn nín yìxiē wèntí, qǐng nín

再跟 他 說 一次。我 先 去 對面 超市 調 一下
zài gēn tā shuō yícì. Wǒ xiān qù duìmiàn chāoshì diào yíxià

監視器。
jiānshìqì.

女人：警察 先生，請 你一定 要 找到 我 孫女！
nǚrén: Jǐngchá xiānsheng, qǐng nǐ yídìng yào zhǎodào wǒ sūnnǚ!

男人：奶奶，會的，我們 會 找到 小妹妹 的。我 請
nánrén: Nǎinai, huìde, wǒmen huì zhǎodào xiǎomèimei de. Wǒ qǐng

同事 幫忙 一起找，一找到 就 馬上 來通知 您。
tóngshì bāngmáng yìqǐ zhǎo, yìzhǎodào jiù mǎshàng lái tōngzhī nín.

女人：謝謝你，謝謝 你！警察 先生！
nǚrén: Xièxie nǐ, xièxie nǐ! Jǐngchá xiānsheng!

## 二、生詞 shēng cí

| | 生詞 | 漢語拼音 | 文義解釋 |
|---|---|---|---|
| 1 | 孫女 | sūnnǚ | granddaughter |
| 2 | 藍色 | lánsè | blue |
| 3 | 上衣 | shàngyī | garment |
| 4 | 白色 | báisè | white |
| 5 | 裙子 | qúnzi | dress |
| 6 | 走散 | zǒusàn | to get lost |
| 7 | 對面 | duìmiàn | opposite |
| 8 | 超市 | chāoshì | supermarket |
| 9 | 監視器 | jiānshìqì | security camera |

## 三、練習的解答 liànxí de jiědá

1. C　2. C　3. D　4. A　5. D

# 49 公車 上
gōngchē shàng

## 一、對話
duì huà

乘客：司機 大哥，請問 一下。
chéngkè: Sījī dàgē, qǐngwèn yíxià.

司機：請 說。
sījī: Qǐng shuō.

乘客：我 想 去大同 醫院，請問 還要 多久 才 會
chéngkè: Wǒ xiǎng qù Dàtóng yīyuàn, qǐngwèn háiyào duōjiǔ cái huì

到 站？
dào zhàn?

司機：大同 醫院 嗎？已經過 了！
sījī: Dàtóng yīyuàn ma? Yǐjīng guò le!

乘客：過 了？
chéngkè: Guò le?

司機：是啊，剛 過 兩 站。
sījī: Shì a, gāng guò liǎng zhàn.

乘客：那 我 該 怎麼辦？都 怪 我 剛剛 不 小心
chéngkè: Nà wǒ gāi zěnmebàn? Dōu guài wǒ gānggāng bù xiǎoxīn

睡著 了！
shuìzháo le!

司機：您 別急。您 下一站 下車，那裡 有 公車 去
sījī: Nín biéjí. Nín xiàyízhàn xiàchē, nàlǐ yǒu gōngchē qù

大同 醫院。
Dàtóng yīyuàn.

乘客：太好了！那 要 搭 哪一班 公車 呢？
chéngkè: Tàihǎole! Nà yào dā nǎ yībān gōngchē ne?

司機：302，如果 我沒 記錯 的話，只要 坐 兩站 就
sījī: 302, rúguǒ wǒméi jìcuò dehuà, zhǐyào zuò liǎngzhàn jiù

能 到 大同 醫院 門口 了。
néng dào Dàtóng yīyuàn ménkǒu le.

乘客：那302 公車 是 在 這邊 搭 還是 對面 呢？
chéngkè: Nà 302 gōngchē shì zài zhèbiān dā háishì duìmiàn ne?

司機：去 醫院 方向 的話，是 在 對面 呵。
sījī: Qù yīyuàn fāngxiàng dehuà, shì zài duìmiàn ō.

乘客：眞的 是 太感謝 您 了，謝謝 司機 大哥！
chéngkè: Zhēnde shì tài gǎnxiè nín le, xièxie sījī dàgē!

司機：不客氣！您 這裡 下 就 行 了，過 馬路 就 可以
sījī: Búkèqi! Nín zhèlǐ xià jiù xíng le, guò mǎlù jiù kěyǐ

看到 站牌 了。
kàndào zhànpái le.

乘客：謝謝 您！再見！
chéngkè: Xièxie nín! Zàijiàn!

司機：再見！
sījī: Zàijiàn!

## 二、生詞
shēng cí

| | 生詞 | 漢語拼音 | 文義解釋 |
|---|---|---|---|
| 1 | 司機 | sījī | driver |
| 2 | 醫院 | yīyuàn | hospital |
| 3 | 已經 | yǐjīng | already |
| 4 | 過 | guò | to pass |
| 5 | 天啊！ | Tiān a! | Oh, my God! |
| 6 | 不小心 | bù xiǎoxīn | accidentally |
| 7 | 睡著 | shuìzháo | to fall asleep |
| 8 | 公車 | gōngchē | bus |
| 9 | 換 | huàn | change |
| 10 | 門口 | ménkǒu | gate |

## 三、練習的解答
liànxí de jiědá

1. D　2. B　3. A　4. B　5. B

# 50 電影院
diànyǐngyuàn

店員：您好。
diànyuán: Nínhǎo.

男人：您好！請問 今天 下午 五點 的 黑豹 還有
nánrén: Nínhǎo! Qǐngwèn jīntiān xiàwǔ wǔdiǎn de Hēibào háiyǒu

位子嗎？
wèizi ma?

店員：有 啊，你們 幾 個 人。
diànyuán: Yǒu a, nǐmen jǐ ge rén.

男人：三個人。
nánrén: Sāngerén.

店員：三個 都 是 大人嗎？
diànyuán: Sānge dōu shì dàrén ma?

男人：我們 是 兩 個 大人 和 一個 小孩。
nánrén: Wǒmen shì liǎng ge dàrén hàn yí ge xiǎohái.

店員：好的，那 就是 兩 張 全票，一 張 半票。
diànyuán: Hǎode, nà jiùshì liǎng zhāng quánpiào, yì zhāng bànpiào.

那 坐第十排 中間 可以 嗎？
Nà zuò dìshípái zhōngjiān kěyǐ ma?

男人：好。
nánrén: Hǎo.

店員： 請問 需要 加購 飲料 或 爆米花 嗎？在 這裡
diànyuán: Qǐngwèn xūyào jiāgòu yǐnliào huò bàomǐhuā ma? Zài zhèlǐ

買 套票 比較 便宜。
mǎi tàopiào bǐjiào piányí.

男人：那 幫 我 加購 兩 杯 可樂 和 兩 個 爆米花。
nánrén: Nà bāng wǒ jiāgòu liǎng bēi kělè hàn liǎng ge bàomǐhuā.

店員：所以是 兩 張 加購，一 張 只要 電影票。
diànyuán: Suǒyǐ shì liǎng zhāng jiāgòu, yì zhāng zhǐyào diànyǐngpiào.

男人：是的。
nánrén: Shìde.

店員： 這樣 一共 是八百一十塊。
diànyuán: Zhèyàng yígòng shì bābǎiyīshí kuài.

男人：可以 刷卡 嗎？
nánrén: Kěyǐ shuākǎ ma?

店員： 當然 可以。這 是 您的 票，五點 的 黑豹，
diànyuán: Dāngrán kěyǐ. Zhè shì nínde piào, wǔdiǎn de Hēibào,

兩 張 全票，一 張 半票。這 是 加購 的
liǎng zhāng quánpiào, yì zhāng bànpiào. Zhè shì jiāgòu de

飲料 券 和 爆米花 券。
yǐnliào quàn hàn bàomǐhuā quàn.

男人：好的，謝謝！
nánrén: Hǎode, xièxie!

店員： 飲料 和 爆米花 直接 上樓 換 就 行 了。
diànyuán: Yǐnliào hàn bàomǐhuā zhíjiē shànglóu huàn jiù xíng le.

歡迎 下次 再來！
Huānyíng xiàcì zàilái!

## 二、生詞
shēng cí

| | 生詞 | 漢語拼音 | 文義解釋 |
|---|---|---|---|
| 1 | 電影院 | diànyǐngyuàn | cinema |
| 2 | 位子 | wèizi | seat |
| 3 | 大人 | dàrén | adult |
| 4 | 小孩 | xiǎohái | child |
| 5 | 全票 | quánpiào | full-price ticket |
| 6 | 半票 | bànpiào | half-price ticket |
| 7 | 加購 | jiāgòu | additionalpurchase |
| 8 | 飲料 | yǐnliào | beverage |
| 9 | 爆米花 | bàomǐhuā | popcorn |
| 10 | 套票 | tàopiào | package |
| 11 | 一共 | yígòng | in total |

## 三、練習的解答
liànxí de jiědá

1. C　2. D　3. D　4. D　5. B

家圖書館出版品預行編目(CIP)資料

語聽力測驗——初級／楊琇惠著. --初版. --臺北市：五南圖書出版股份有限公司，2024.10
面； 公分
ISBN 978-626-366-625-2(平裝)

1.漢語 2.讀本

2.86 112015612

1XNP

# 華語聽力測驗——初級篇

作　　者 — 楊琇惠
企劃主編 — 黃惠娟
責任編輯 — 魯曉玟
封面設計 — 韓衣非
出 版 者 — 五南圖書出版股份有限公司
發 行 人 — 楊榮川
總 經 理 — 楊士清
總 編 輯 — 楊秀麗
地　　址：106台北市大安區和平東路二段339號4樓
電　　話：(02)2705-5066　　傳　　真：(02)2706-6100
網　　址：https://www.wunan.com.tw
電子郵件：wunan@wunan.com.tw
劃撥帳號：01068953
戶　　名：五南圖書出版股份有限公司
法律顧問　林勝安律師
出版日期　2024年10月初版一刷
定　　價　新臺幣450元